U0018991

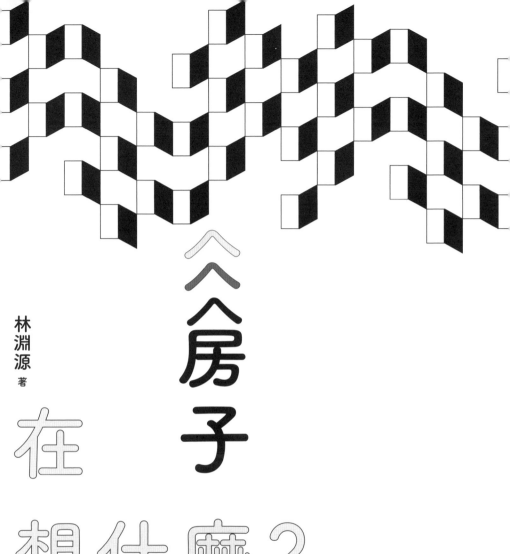

房子在想什麼？

林淵源 著

在

想什麼？

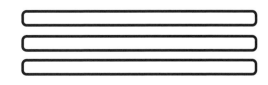
原點
UN-300CS

序

——

　　五十歲這年，我用微微的五十肩，塗寫了五十個有畫面的故事。

　　兩年前原點出版來找我時，希望我用一些比較特別的角度來談談建築，當時覺得可能是因為我比較特別的一部分被看見了。

　　於是我開始在想，我哪裡特別，而我又可以如何特別著。特別有名？特別不有名？是房子特別或者設計房子的腦子特別？……想來想去似乎通通不是。一掉進建築師這個角色框框裡去看待建築裡「特別」這兩個字，似乎就「特別」不起來；總覺得心裡那一整個變型宇宙好玩的事，突然要用專業人士的腔調來說出時就顯詞窮，十根指頭在鍵盤上放到長出

香菇也敲不出半個字。想著想著這件事就被我放在心上也擱在桌上了。

　　兩年好像不算短但有時又似兩個眨眼之間。這段時間我一直沒忘記寫書這件事，可倒是在日常裡逐漸忘記自己是個執業建築師了。我開始大量塗鴉在房子設計稿的旁邊，而且日漸蔓延直到快將圖上的房子淹沒了，然後卻在這堆看似無關的線條圖案裡重新找到創作的火力與不同的視角。我的設計工作量越大，塗鴉紙上的奇思異想也就越猛，常有朋友問我為何這麼忙了還有時間塗鴉，從小就愛畫東畫西的我，總是尷尬回答說是為了紓壓，但其實真正的答案是，我正努力在生活中忘記自己是一位「建築師」。而想逃離這個角色的原因恰恰是因為我太愛建築這門行當，希望自己能一直保有一個門外漢的心情，對那個世界充滿好奇與天真。

　　就在我習慣了游移在建築師這個角色裡裡外外時，一個熟成的時機敲門了。原點出版與我以一種緣份俱足的自在再次碰頭並提起了尚未動筆的那本書。這一天彷彿早就在那裡等著，等著我準備了一身不再帶著功夫的功夫，和全然可以放鬆的建築靈魂。而總編輯也決定不存任何預期來等待我的文字與圖像發生，我們一起的清楚共識是希望給彼此與讀者

一些軌道之外的啟發與想像。彼時我腦裡出現了金庸小說裡的某段情節，我化身張無忌，蕙質蘭心的總編輯戴上鬍子變成張三豐，當張無忌在心裡將太極拳的招式忘得差不多了，也正是站在他身後的張三豐可以全然放心允其下山打怪之時。想是這麼想著，我當然不可能有張無忌的蓋世功夫，不然在下更想學會乾坤大挪移，一秒鐘就在夏威夷海灘上戴著墨鏡寫稿了。

接下來幾個月裡，我像是一只關不住的水龍頭，一股腦地將這些年在建築設計這個世界裡遇到的活色生香或者銘感五內的人、事、物，藉著一篇篇小故事寫出來也畫下來。有真實生活的經歷，有異想世界的回應；追溯生命之初到遙想旅程終點的空間狂想；從家具物件到居住空間再到街道然後再到整個城市，到處都有故事，都有動人的風景，還有更多進入建築師腦袋裡才看得到的古怪世界。

心思一離開框架，敘述者的角色也就不斷地流動了起來。我非常享受這一整個書寫的過程，而這個每日持續多量書寫的動作不僅啟發我良多，也開啟我更多生命的維度。每每在我回看之前寫成的篇章時，竟會不知不覺成了他者一般跟著文字歡喜也跟著感動。不斷地離開熟練的身分並且不讓自己

的角色被約定俗成的價值觀給凝固，果然是一門功夫之道。

　　一篇文字搭配一紙插圖，圖畫並不止於服務文字，我更希望它們有獨立存在並刺激觀者想像的能量。這本書想用一種貼近耳朵的口吻輕輕朗讀建築世界裡的美好，面對生活中有許多看似堂奧的道理時，並不一定非得用冷硬的姿態去接近，此書不在於傳達高大的論述，因為我認為「愛上建築」這件事本來就應該從小事、從日常、從平凡中開始。不管你是不是建築人，是心裡住著小孩的大人或者有著老靈魂的小孩，或者你只要還對於不同可能性的自己有一點點好奇，歡迎帶著輕鬆的心情，跟著我一起進入前一個我的異想世界裡吧！

······●·······● 目錄

······● 建築

······● 生活

······● **記 憶**

建 ━━━━━━━━━━ 築

A R C

H I T E

C U

R

U R E

蓋自己的房子

————

我覺得每個人一生中，都該花一段時間練習蓋自己的房子，或許在泥土上、或許在自己的心裡。

「正男」與弟弟「次男」帶著七旬的母親來到建築師事務所。客氣的哥哥留著小平頭，看起來是一位不算老的大老闆；弟弟留著長髮，不太看人也不太有表情，比較像是一個不算太年輕的少爺，老母親個子不高但精神飽滿容光煥發，年輕時應該是一位女強人。他們想要將市區巷子裡那一棟父親留下來的老屋改建，父後十七年裡，母親撐起一家公司與兩個兒子，直到累了的母親將棒子交給長子那天，這個生手CEO次日便推了個剛毅的小平頭。平頭男人當家也學習當老闆，當個孝順兒子的同時也必須當他弟弟的父親，那一位

始終不想長大，但總認為自己已經很大了的弟弟。

　　就像是一塊一塊放上去的拼圖，這些故事都是建築師在一次一次的交談會議裡慢慢得知，而每一次會議除了收集一些新的拼圖，也陪伴這家子人整理他們的故事。

　　母親希望老房子的溫度與情緒可以被留下來，哥哥希望將父親的「起家厝」蓋得更大更高更豪華；弟弟則強烈關心如何收藏他的三部跑車與半個房間大的魚缸，還有一張來自威尼斯的紅色沙發。他們希望住在一起並且各自獨立，前面幾次的會議裡充滿了快樂的夢想與家人間的感謝。

　　接下來的階段，隨著建築師將每個人心裡想望的輪廓畫得越來越清楚時，他們開始不確定這些是不是他們真正想要的。圖像裡開始出現共居必要的妥協，此時的獨立性似乎不像原本期待的那個絕對私領域，所謂的「在一起」這件事也被重新拿出來討論了。然後沒意外地爭吵就開始了，是這家子裡的爭吵。首先弟弟開始發難，抱怨著自己的樓層空間不夠，為何要留下原本院子裡那棵老樹，砍掉不就可以讓房子長得更自由？母親說那是父親年輕時親手種下的，是她這幾年賴以堅強活著扛下重擔的支柱，是父親。弟弟反對著母親那種對於舊事物的耽溺，語氣開始驕縱了起來。只見母親老

淚已經流下，哥哥此時彷彿父親上了身一般地對著弟弟喝斥了一聲：「你給我住口！」然後空氣就凝結在冰點了。

此時的建築師不慌不忙地起身為每個人再倒一杯熱茶，然後攤開大大的一張空白草圖紙。這次不畫房子，建築師說：「我們何不重新看看彼此與自己。」然後當場為母子三人各畫了一張塗鴉畫像，畫一棵大樹、畫一棟鳥屋、畫幾朵白雲與一扇窗戶，甚至畫了那位從未與建築師謀面的父親。畫著畫著三個人開始回到最初的夢想，和對彼此的在乎裡，冰點慢慢融化在塗鴉的紙上了。

討論了一年房子總算要定案時，那塊地被劃進了都更計畫而必須與街廓共同興建，原本想要的獨棟「起家厝」計畫被迫取消了，這就是建築師經常得面對的「計畫永遠趕不上變化」。

你沒有猜到的是，母子三人跟建築師成了如同家人一般的好朋友，兄弟倆人為母親在郊區找了一塊清新的地，他們更清楚知道了最想要的生活原來是在以前沒有想到過的「他方」。建築師在這裡幫他們圓一個 Dream House 的夢，而他們也由於這段日子來的衝突、原諒、矛盾與包容，還有愛與更大的愛，從此找到了更近的彼此、更好的家人。

人們在勾勒著內心真正想要的房子時，其實已經在整理著自己一路走來的生命，也在弄清楚著往後想要的居心之地該向何去，以及那顆居地之心該往何從。

　　我真的覺得每個人一生中，都該練習寫一次自己的故事，或許在紙上、在親密家人的心上，或者在給自己信賴的建築師的信上。

一個人一生當中要做的幾件事……認真地整理小時候的照片，好好地跟爸媽說聲我好愛你們，安安靜靜地跟自己好好吃一頓飯、喝一杯溫開水，而且只做這兩件事，緩慢地走過自己居住城市的一條街道，溫柔地跟親密家人坐下來畫畫自己最想要的房子……。

發條人

———

　　我的老朋友「發條人」W 先生，來自純真的機械年代，自詡是電子世代最後一位手作建築師。當其他人都在用電腦大玩炫麗的 3D 技法，不斷地複製、貼上再貼上、貼上、貼貼貼貼時，他仍然堅持用那枝老爺工程筆，像是開著蒸汽老火車一軌一軌地爬在描圖紙上。他把建築師當成一門手工藝，有點像那種臉上帶著刀疤在深夜裡開食堂的主廚桑，或者也像穿著白襯衫黑圍兜一天只手沖限量五杯的咖啡職人。

　　看 W 先生削鉛筆是一種享受，那枝被握在手中的文具，像一隻原本脾氣難以捉摸的貓，經過一陣溫柔細膩的撫觸，以及男人手中的刀片一擒一縱的按摩後，貓兒終於露出了滿足的笑容，一旁看傻了的我簡直聽見鉛筆在唱歌了！W 先

19

生說每晚削著鉛筆，聽著黑膠唱盤播放的爵士樂，再配上三角玻璃杯裡的威士忌，這個大約是整天下來最佳的舒壓了，而通常時間已經是午夜一點。

對於一位背上長了組發條的男人，紓壓尤其必要。W 先生每天早晨起床第一件事，便是好好上緊發條。這個動作不僅有實用性，更有其儀式性，像是虔誠的佛教徒每天早課的木魚聲那種撫慰人心的節奏，W 先生也需要一早起床那幾聲金屬被旋緊時發出的軋滋軋滋聲響，有如某種梵音一般在房間裡繞了幾圈後，W 先生就開始了他的一天。

因為身上具備了一種舊時代的美好素質，W 先生也讓自己的社會行為延續了美好年代的許多優雅，譬如「緩慢」，譬如「安靜」，也及「走路」與「說話」。他收藏了老鋼筆也收藏著透過筆尖墨水的「書寫」，然後收藏了一種慢慢煲出來的老情感。也保留了一台早已沒人在用的曬圖機，連同那股有些刺鼻的藥水味道。曾經從機器裡曬出來一張一張白底藍線條的圖紙，無數城市裡的舊街道老房子跟亭仔腳的老靈魂，都保留在那一台時光機裡，撫觸著機器時的手感如同鋼琴之於鋼琴師。

他喜歡走路去開會、步行去工地，若能沿途經過巷弄尤其

令他舒服。通常第一次去勘察基地時，他還會帶著一個實木製的老羅盤，這個傢俬是幾年前跟一位木工老師傅央求買來的，那一次還買了一個老墨斗。他說帶著這些老靈魂去認識一塊新土地時會特有靈動感。他像隻上了發條的機械狗，到處蹭、到處聞，據說會比較容易記得特有的泥土味道。後來我也學他這招，在工地裡像隻好奇的狗狗四處探索，果然發覺更多放低視點後產生的美好靈感。

W 先生畫圖的時候很安靜，除了聽到鉛筆刷過紙張纖維的聲音，就只有牆上老掛鐘的滴答聲了。老掛鐘存在的原因，跟 W 先生自己一樣，來自美好的老年代，同樣具備著「上發條」的好修行，滴答的聲響與整點的撞鐘報時同樣是讓他放心的聲音，空間裡只需要這樣的簡單空氣，他彷彿就可以一直畫到時間的盡頭。反正發條鬆了再好好旋緊便是，這種簡單的工作邏輯大概跟一些仍堅持用著打字機的作家一樣，就是一種安心的感覺。對了，這個美好的風景裡還有一件迷人的事，就是 W 先生畫圖時不僅堅持穿著白襯衫與鐵灰色領帶，把頭髮梳上髮油，還會為兩隻手臂套上黑色袖套，每天這般行頭的他到傍晚時已經成為空間裡的靜物了。

夜裡，我常常看著辦公室牆上那張 W 先生送我親手繪成

的 1：1 木頭窗櫺細部圖發呆。我猜想著，應該會有一個平
行宇宙，為人們保留了一整個美好的發條年代吧！

也許就像伍迪‧艾倫（Woody Allen）的《午夜巴黎》（*Midnight in Paris*）裡不斷在時間裡回溯追尋的甜蜜，似乎美好事物的永遠發生在逝去的那一個年代；會不會是因為我們也都常常忘了好好處在當下的美好，直到我們的當下成為下一個被懷念的美好年代時，十個恍然大悟也回不去一次平凡的曾經了。

彩色鉛筆

———

一群彩色鉛筆聚在桌子一角，嘰嘰喳喳地竊竊私語，你一句我一句貌似在討論著令人緊張的話題。

我把耳朵湊過去偷聽，才知道原來是桌面上的圖紙出現了一個新的顏色，是這群與世無爭的鉛筆家族沒見過的江湖神秘客，沒人知道他叫什麼名字，也不知道他來自何處。

鉛筆們一見到我來，紛紛簇擁而上，似乎是要我來主持某種正義。小宇宙裡出現了新的擾動，也不知來者是敵是客，弄個不好威脅了大夥兒在圖桌上的地盤，搞到大家都失業可就完蛋。最近江湖上老是出現一些前所未見的異能人士，一下什麼 3D 列印、一下又來個戴著眼鏡就可以把虛擬空間痛快遊歷。學設計的孩子們，伸手跟滑鼠和手機溫存的愛意遠

遠超過鉛筆，那種拿刀片慢慢削著色鉛筆的浪漫情懷跟隨身帶手帕的男人一樣，已經快從地表絕跡了。一想到這裡，這些個性善良的鉛筆忍不住唉聲嘆息，「筆」心惶惶了起來。

鉛筆族長老是一枝個子矮小的草綠色爺爺，因為我最常用他來刷塗紙上一片又一片如茵的草地，沒多久就得削他一回，時日一到他老人家就最早骨質疏鬆了。不過也因為這角色最重要，草綠色爺爺說話總是最有份量，家族們大事都由他來作主。長老拉著我的衣角要帶我去看看令族人們憂心的現場，連平常不太跟我打招呼的大黑與小白也來加入領隊的行列。黑白兄弟看似孤僻其實害羞，哥兒倆的個性就像走過日本殖民時期的多桑一樣矜持，從不表達自己的情感，兩人分據月亮的明暗兩面，二十四小時裡除了安靜還是安靜，我最少用的顏色，所以個子也最高，腰桿子最硬挺。

別小看這群貌似文青的細長身軀，使起勁兒來硬是要得，我整個人就像誤闖小人國的格列佛被五花大綁似的拖著前進。水手系的深藍、正藍、淺藍跟普魯士藍在最前頭開路，平常最為精神抖擻的他們喊起口令最帶感，總能把整張圖喊出個清新爽朗，我喜歡用他們畫天空、畫池塘，也畫芭蕾舞伶的藍眼珠子。暖洋洋的橙黃色系個性最溫和，走在隊伍最

後頭，說起話來輕聲細語的，總讓人感覺像穿著旗袍的上海姑娘，這群粉嫩青春的淑女們最奔放的一次，大概就是在梵谷的向日葵花田那個下午吧。接下來當然不能不提到紅色女祭司，那位曾經把馬諦斯爺爺的鬍子染了火光，還幫高更在大溪地為少女們織出比晚霞還嬌媚的裙子。女祭司坐在藍色水手們的肩上被高高抬起，頭仰著天高唱卡門組曲，紅跟藍互補成畢卡索的情人瑪莉・泰瑞莎（Marie-Thérèse Walter），那位拿著一本書並且長了一雙薯條手指的女人。

　　就在雜沓的人聲裡，我們來到了第一現場。這時候大夥兒一陣驚叫，明明剛剛還在的神秘客怎麼不聲不響地就不見了。沒有人見到他離開，連走過的痕跡都沒有，這實在太駭人了。一陣焦躁不安的吵雜裡，聽見上海姑娘嬌嗔地喊了一聲：「哎喲！我找到他了！」

　　我轉頭看去，一道西曬從窗邊斜照在牆上掛鐘的玻璃，再反射到圖紙的角落形成一方光亮，顯然這方光亮是剛剛才從圖紙的中央，隨著時間悄悄游移到了這個角落。答案揭曉！令彩色鉛筆們惶惶不安的神秘客，正是這位哥兒們，一道集合了所有顏色而成的「天然光」。

人與工具之間也許不只存在支配與被差遣的關係而已，當物件被賦予了生命之後，那麼安靜傾聽他們與空間對話的那份心蕩神馳，將不亞於欣賞最終完成的創作了。

yuan 283.3.28

建築人

———

　建築人的款式有許多不同路數，每種款式都有其獨到的魅力與特有的悲催。

　我的朋友老徐，長得像鼎鼎大名的雷姆·庫哈斯（Rem Koolhaas），就是設計了北京中央電視台總部大樓的建築大明星，庫哈斯先生有著細細長長的身材跟一身的黑衣服，老徐也是這個模樣。老徐抽菸時喜歡把香菸夾在中指與無名指之間，他說這種焚燒的儀式要安排在四支長指中間比較像壁爐烈火裡獨處的乾柴，既孤獨又快活，不曉得庫哈斯先生是否也如此。老徐長得老，三十年前就是現在的模樣了，屬於滄桑先行的建築人。聽著他在聊著對於建築的熱情與抱負時的那股苦行勁道，簡直就像是嘴裡含著快蛀光的牙在吃巧克

力一般,微痛並甜著。

　　每次見到老徐時,總會覺得眼前這位黑衣巫師好像幾個世紀沒睡似的,黑眼圈早已像年輪一般覆蓋其歷經風霜的臉頰,顯出疲累的身形卻可以直挺著軀幹談論他的作品。一串又一串如四射火光般的囈語在我眼前迸開,一下子是理性的白色,隨即又浪漫如梵谷的向日葵,然後瞬間碎裂成葛飾北齋畫裡的滔天浪花。炯炯的眼神好像要把城市裡被無聊美學漫天撒下的大網子給畫破,每次看他仰著頭直視上方擋住陽光那棟巨大樓房時的蒼白表情,就會讓我想到庫哈斯先生有一張相片,相片裡的他也仰了頭朝上方直視,但讓他直視的卻是來自屋頂缺口透進來的那道光。我猜可能是這種四十五度仰角的身體姿勢特別適合建築人,從西方的柯比意(Le Corbusier)、萊特(Frank Lloyd Wright)到東方的安藤忠雄與伊東豐雄都曾以這個姿勢在跟他們的光交談,那些身影被留在一張張建築史頁裡的黑白相片,各自英雄也各自不朽著。

　　老徐自小學習古典鋼琴,原本應該是一位在演奏台上英姿煥發的白馬王子,可自從進了那個教他要勇敢做自己的建築學院後,白馬王子就被徹底解構再從反骨裡長出一個全新的浪子。他開始喜歡有毛邊的音樂,也讓自己原本被裁剪得一

絲不苟的性格長出毛邊，柔軟如一張張被隨興撕開的棉紙，也鏗鏘如落在銀盤上的鋼珠。有時流洩如瀑、有時像冰山，在他身上我見到不斷進化的流動生命，也感受到那種在探究設計可能性時，如石像一般的堅毅精神。張牙舞爪的音符在這個建築怪客的手裡，也早已超出了樂譜上那五條只能平行的直線，我總能在他的建築作品裡，聽見幽微晦澀的樂音；也在他不從眾的琴聲裡，看見不斷崩塌又不斷拔起的高塔。

　　十五年前老徐去了中國發展，據說是受到一股母體般的巨大召喚，說那裡土地尺度的大美讓他有更高的理想與情懷。眼看對岸的建築動能在這幾年蓬勃發展，早已成國際大師仙人們比劃身手的閃亮舞台，讓我對我的石像老友抱以更深期許。多年不見的他，直到去年我到上海出差時才有機會再得聚首。這才知道堅持不離開建築領域的老徐後來熱情不減地轉進了土地的規劃與開發，現已成了城市裡的地產大亨。再次見面的那晚，他開了一瓶十萬元的紅酒與一支跟「切・格瓦拉」同樣大器如砲管的雪茄，與我分享了另外一種建築人的碩大情懷。只見雪茄被夾在他一如往常的中指與無名指之間，隔著裊裊燃起的煙霧，我看到巨柴後方變胖了的「庫哈斯先生」，一時之間倒有那麼幾分「川普」的錯覺。

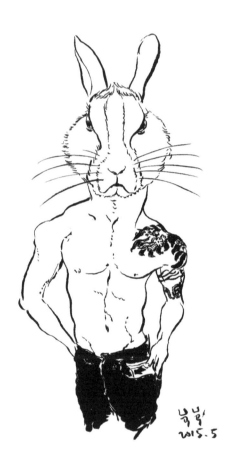

當你離開你一直以為扮演得很好的那個角色時，才終於讓你
自己與那個角色都活了過來，並且深愛彼此。

跟自己的作品敲敲門

———

　　設計房子的過程猶如生產，從種下最初始的概念開始，日日期盼著幼小生命在創作子宮裡安穩成長，中間似乎還會遇到必然的交圖前夕情緒陣痛。待心血終於在圖紙上完成了，接下來從設計定案到房子完工前，又是另一段身為父母的心情，尤其到了房子落成，即將入住新的主人之際，我總會有些許落寞感，好像心疼女兒嫁為人媳，自己倒成了房子的客人。一種由主詞變成受詞的心情轉折，每個作品都得重來一次，每次都得重新學習用敲敲門的方式回頭看自己的作品。

　　所幸自己從開業以來，跟每位房子的「親家」都能相處甚歡，每個苦心栽培的女兒嫁過門後也都能得公婆疼惜。也因為這份工作，促成了一段又一段良緣佳話，讓我跟業主們成

了好朋友。建築師與業主的關係算是某種「超」友誼式的存在吧！想想原本陌生的雙方，甫於認識之初就要交換著彼此對於家居的意見與生活看法，如果碰巧又談得對味，可能還會聊起童年記憶、兒時夢想、青澀年華初嘗愛情，乃至飽經世事後的婚姻甘苦。每一筆都觸及內心柔軟，每一劃都勾勒著生命的憧憬，許多時候這種關係之緊密已經超越了伯樂與千里馬，更多是家人之間的連結了。

　　幾年前曾在市區裡設計了一座以愛與樹屋為名的公寓，我希望這塊基地能長出一棟與植物為鄰，並且為綠意而長的垂直聚落。希望賦予建築一個融合家屋與自然生態的概念，從而吸引來喜愛蒔花弄草的住戶。基地規模雖然不大，但設計上盡可能留出比一般集合住宅更多的半戶外空間與更豐富的綠化可能性。我們試著將簡單的初心實現成美好的環境，經過設計與施工團隊的努力，終於在城市巷弄裡造出一個頗有療癒感的小角落，一座堆疊著生活想像的空間幾何。房子落成時，從建築開發主、施工團隊到設計人員們無不歡欣於眼前的成果，人們對其空間運用與造型美學都有著不俗的讚賞，但當時的我真的就像個剛嫁女兒的小父親，總覺得哪裡怪怪的，愉悅的空氣裡似乎少了一點點什麼。那種說不上來

的莫名感受，於是被我當成又一次完工後的動物性感傷悄悄發作，然後將它細細折疊進心情的小抽屜裡。直到完工一年多後的某日，我經過那個巷弄時，路旁圍牆上的樹影似乎有個靈動喚我去探望那樓房。我於是懷著作客的心情，跟著幾隻飛在前頭貌似非常在地的小鳥仕紳們緩緩飄到房子面前，我的眼睛先是被一樓大門前長高的樹梢上頭的鳥巢吸引，然後順著竄了更高的枝幹往樓上望去，看到了這一戶陽台上的桂花與紫薇，旋又看到那一戶露臺上的九芎與樹葡萄，然後是從四樓側邊展開的一個小花園，藤蔓搭著些許青苔往石頭牆面一路撒著初嫩的嬌。站在樓下看傻了的我，這時候終於明白一年多前找尋的那一塊拼圖是什麼了，原來就是住戶們帶進來的居住軌跡，從空間裡長出來的生活感，一叢一叢真正的綠意與陽光，我的女兒熟成小女人了。

我喜歡敲敲那些曾以為熟悉的門，期待開門時見到一個未知的自己，我喜歡自己是這樣子的建築師。

猶如跟每個不同過去的自己約會一般，看著曾經設計的房子漸漸熟成，也回看自己不同階段的靈魂切片，把這些風景加總成為一本日記，老時佐小菜下酒話當年，那又是一個未曾見過的自己了。

工地是個動物園

——

你在路上看見工地時，會不會停下來看？

我會。

不是因為我的職業壞習慣或者好道德，是因為在我眼裡，那些工地是一座又一座的野生動物園。望進去的每幅畫面，就像一頁又一頁的故事繪本，一幕又一幕的動物星球頻道。

也許因為這裡是一個自我完整的封閉體系，一道金屬圍籬將它從城市的街廓裡隔出一個小生態。有獨特的演化節奏、食物鏈、野蠻紋理與粗獷文化，然後獨特出一種貌似動物狂歡節的童話風景。

建築師這份工作，我有許多好玩的想像都在一個又一個有如奇幻動物園一般的工地裡發現。也因為這份樂趣，久而久

之我也演化成了一隻具備理性思維的野生動物；我時而爬行、時而跳躍、時而追逐獵物也被獵人追逐著。清朝的沈復若是曾坐著時光機器來工地找我閒嗑牙，我肯定可以說服他在《浮生六記》後再追加個名為〈工地奇想〉的第七記。

當那道神秘如阿里巴巴與四十大盜的神秘大門緩緩開啟時，往往會伴隨一陣漫天的飛砂揚塵，透過那片灰曚曚的雲霧，你已經稍稍見到揣揣不安扭動著的巨大身影，而且那身影往往是成群的，像是一隻一隻排隊分食獵物的暴龍，一邊咆嘯一邊從口中吐出灰綠色漿液，所有被漿液覆蓋的獵物都會凝固成石頭，像是見到梅杜莎的水手一般，來不及察覺就石化成雕像了。牠們是「水泥預拌車」，不出現則已，一上場便是成群結隊輪番上場，堪稱是動物園裡霸主級的物種，我一直天真幻想著那個轉動不停的身體，不曉得已經吞了幾個小紅帽的奶奶？

霸主身旁總少不了弄臣，他們的身段永遠最柔軟，姿態動作看似節制自持，暗地裡居心未必那麼溫良。大老闆獅子只要一轉頭，那些原本順服的土狼就會兇猛地撲上獵物，吃相一點都不客氣，而此弄臣土狼乃推土機是也。身手矯健的黃色推土機（還真沒見過別的顏色），可以推土、推石頭、推

雜草廢料，可謂萬物皆可推，什麼都咬，什麼都吃，什麼都不奇怪！進退左右、上上下下，土狼所到之處，一片平坦。

再來就是每個物種社群裡總會出現的好好先生，一種擁有最巨大的身軀卻最溫馴的草食個性的憨慢大傢伙，像是侏儸紀裡好整以暇地吃著樹葉的雷龍，像個沒有脾氣又甚有安全感的叔叔，總是伸長了脖子低聲唱歌，比影子還緩慢地走在草原上，就算動也不動地站上一整個下午也不會抱怨。牠是大吊車，你很難清楚看到牠臉上的表情，因為牠的頭似乎永遠都在雲端，似乎每個工地的高空都有一個秘密在偷偷傳遞著，可是只有那隻雷龍叔叔才知道真相是什麼。

還要談一位哥兒們，牠的角色重要無比，個性卻是害羞到不行；咱們園裡最內向也最沒自信的樹懶哥哥。長得不帥但很有味道，其實最愛乾淨卻老是被嫌髒；每個朋友最愛找牠，卻每回聊個兩句就急著想離開。是的，這位無臉男就是工地裡的流動廁所，總是安靜在角落裡傾聽人們的心事，然後默默承受那份說不出口的孤獨。

我總在城市裡一座又一座的動物園遊玩著，或走或跑、或爬或乘著沒有牆壁的電梯，在那隻名叫「未完成」的大房子身軀裡上上下下，像是游泳在牠的食道胃腸裡，也像飛翔在

牠身軀上的鷹架之間呵護牠日日長大。

　然後在夕陽餘暉裡走出動物園，再進到一座更大的動物
園，名叫「城市」。

整座城市是一個大動物園，大園子裡有無數個小園子，生態圈裡有食物鏈也有寵物鏈，有鄙視鏈也有崇拜鏈。社群提供了我們安全感，有時卻也會吃掉我們的存在感，這或許就是「城市」讓人迷戀也讓人焦慮的魅力所在吧！

石材工廠的陽明春曉

———

　　石材工廠有時候是一個充滿文藝性的空間。

　　那是我第一次去石材工廠，為了新的設計案挑選大理石。陪同的業主是滿臉鬍子，長得有點像中年版張大千的企業家，他帶了兒子一同參與，兒子沒有意外地長得像眉清目秀的少年版張大千。我那天一整個心情大好，開往花蓮的火車上向窗外望去盡是潑墨山水，好不壯麗。

　　終於來到石材工廠大門口，警衛很客氣地招呼，然後帶著我們往接待門廳走去。大門口與門廳間是個很大的戶外廣場，上面堆放了一山又一山的粗獷原石，感覺它們好像從創世紀之初就已經待在這似的，每座原石都將近三個人高，而且秀逸表情各展其趣，穿梭其間彷彿見到地殼剖面經過了幾萬個

紀元疊出的紋理，我都懷疑在裡頭也許會見到恐龍化石了。

走著走著好像永遠走不到盡頭，倒不是這廣場大到沒了邊界，而是我感覺自己已經走進了江南園林，身旁盡是高來高去的山壑，不經意進到這種具有尺度張力的空間裡像是進了叢林的小兔，每張石皮都生得一副不怒自威的金剛表情，讓人不禁生起敬畏之意；此般鬼斧神工也唯時間長河有此能耐。逛完大觀園，一眾劉姥姥總算來到接待門廳。

原本我預期出面接待的解說人員，應該會是如美國隊長般的彪形大漢，或者在這樣險峻的山谷進進出出，至少也該像黃飛鴻那種飛簷走壁的功夫猛男。沒想到出現的竟是一位長相清秀素妍端莊的小姐，你會以為她是剛剛從牆上那幅大理石馬賽克拼成的清明上河圖裡走出來的黃花閨女，踩著碎花小步跟我們打著招呼，我彷彿聽見陽明春曉的美妙笛音，在她步伐裡搭著熟練的拍子。彷彿接下來就要吟個石頭絕句，或是用平仄對仗來解說礦區的態勢。暗自猜想著她的名字不是「黛玉」便是「寶釵」，我轉頭看見兩位張大千如遇他鄉故知般笑著……。

接著她帶我們進入一個更大的廣場，是個有頂棚的廠房，屋頂有五個綠巨人浩克疊起來那麼高，裡面堆放著大理石的

數量，多到可以再造一次羅馬的文藝復興。這裡的石頭都已加工切塊，並且整齊依行列排放，像是一座放滿了巨大書冊的圖書館。你想見識何等奇花異紋的石板這裡都有，礦區產地從埃及到中東、再到義大利、再到印度、再回到中國，把這些石冊讀完一遍也算是遊歷半個地球的文明了。

最妙的是石板主人為這些地殼藝術品取的名字，裡頭的文采可比西洋的莎士比亞與東洋的夏目漱石。更不可思議的是，還真的有塊叫做「夏木漱石」！他老人家就被擺在那塊「沙士比亞」旁邊，就在一眾嘖嘖稱奇聲中，我們又看到了「溫莎公爵」、「維納斯」、「鳥語花香」、「灰姑娘」……終於我們來到這塊「陽明春曉」時我已經熱淚盈眶，心中滿是強說愁的詩情畫意，不禁為這般化大塊為文章的造詣感動不已。我看到兩位張大千笑得更燦爛了……。

就在這趟豐富的古文明之旅要結束前，石材工廠的老闆跟老闆娘出現了。你知道《牡丹亭》裡的遊園驚夢吧？沒錯，老闆長得就像柳夢梅，旁邊正是杜麗娘，兩人很客氣地來跟我們送別。在落日餘暉中，我與張大千父子倆就在崑曲的浪漫節奏裡搭上回程的火車，窗外向晚的景色依舊是未乾的潑墨山水。

有時候帶著要看論說文的心情進入文字，卻意外地欣賞到一首詩。許多真實的風景往往不在眾說云云的灰塵裡，而在我們柔軟的心裡與帶點兒幽默感的眼裡。

북북1
2015.10.6

型男建築日誌

———

　　那些跟我一起慢慢變老，也曾經一起喜歡著年輕宮澤里惠的大叔們，應該還記得一部叫作《協奏曲》的日劇。這部戲之所以令我記憶深刻，倒也不是因為太過惹人憐愛的宮澤里惠，而是難得出現一部以建築師角色為主軸的好看戲劇。但這也還不是重點，重點是戲裡頭描繪的建築師實在有型，不僅有年輕男主角熱血對抗現實強權時的那份桀驁不馴，另外那位中年而不世故的熟男主角魅力同樣帥不可擋。我完全覺得作為一個建築師，就該是這般的迷人款式。

　　第一次看到那部戲已經是十多年前了，當時我還是一個年輕的建築設計師，充滿著理想熱情與同等濃度的困惑與不安。在大型事務所工作的我，時常徹夜未眠伏案加班，只為

了獲得老闆肯定的眼神，也常常因為老闆看著我的圖時不經意皺了的一個眉頭而沮喪良久。不為別的，因為老闆是我當時心目中的海老澤先生（劇中那位時常皺眉頭但還是帥到掉渣的建築大師），一種心嚮往之的近身典範，我初出茅廬時的型男代表。

我還記得當年在那一棟玻璃帷幕大樓裡工作的心情，每當我站在高樓落地窗前遠眺城市，總覺得自己站在城市的頂端，每日參與著偉大的事件。我的座位距離海老澤先生不遠，在一個超過百人的建築師事務所裡，能有那樣貼身學習的機會，實在讓年輕的我既興奮又惶恐。海老澤先生走路的節奏不慢而且步伐挺輕的，每次專注在圖裡的我，總以為他是駕著雲飄過來的，有一股強大的力場會讓我座位四周的空間瞬間如膨脹的宇宙，空氣似乎被抽走了一半的稀薄感。然後我會抖擻站起，恭敬地等候指示，或者也像是信徒在等候神的開悟。這時候海老澤先生會從容坐下來，優雅地拿出他的綠色鋼筆幫我改圖，那款像超跑一般拉風的綠色鋼筆後來絕版停產了，還好當時我很快就去買了一枝，至今仍是我最愛的案頭工具之一，隨時提醒自己做設計時的快思與慢想。

那段日子裡最讓我印象深刻的事，是陪海老澤先生去跟業

主提案簡報，每回簡報前一晚我總是加班趕圖徹夜未眠，而且像是魔咒一般總得在出發前一刻才完成工作。然後我總可以精神奕奕地參與整場會議，整個人像一瓶剛裝滿的氧氣筒，完全不帶一絲倦容。與其說是當時年輕，不如說是因為我將每次跟隨老闆去參與簡報的機會，當作是參與一場一場新的城市歷史，那種熱血沸騰的難得時刻，我連眨眼睛都覺可惜。眼前讓人折服的不僅是平易但深刻動人的講演，海老澤先生的那一種儒雅談話裡便已 hold 住全場的超人魅力，更讓後輩佩服至五體投地。

腹中有書氣自華，建築師的魅力除了胸中要有丘壑，大概就是來自那一股「氣」吧。多年以來，每當我在建築師這個行當裡遇到灰頭土臉的情境或者徬徨如迷路少年時，還是會再把那部日劇拿出來看，回味當年的宮澤里惠，也找找年輕時的小小崇拜與不願輕意讓自己世故的心。附帶一提，海老澤先生，當時那位老闆在我成了大叔的今日，不僅沒有一起慢慢變老，反而成了叱吒國際的建築男神，熱情不減的建築魂，果然是青春長駐的靈丹仙藥啊！

2014.10.10

這是一種新的職人工作哲學，把專注當下的日常身影活成一幕又一幕有型有款的迷人風景。

假鬼假怪

————

　　有時候想設計想到撞牆時，就會希望跳進秘境裡探險，最好是一個充滿鬼怪的空間，甚至空間本身就是一個大妖怪。

　　不過別擔心，我說的鬼怪可不是指恐怖電影裡頭那種器官亂竄的畫面，或者 ISIS 份子會幹的那個那個……你知道的，這種描述我連用鍵盤敲出來都覺得驚悚，建築師可不需要熱血到那般自虐的程度。

　　我說的是躲在門縫裡、或天花板上、或空氣裡那些莫以名狀的靈光乍現，那些奇思異想，以各種不按視覺邏輯或日常經驗出現的古怪意象，也許是會朗讀情詩的德國蟑螂，會跳嘻哈的白板板擦，或者明明倒著轉卻又理直氣壯的牆上掛鐘。所有能被想像或者意料之外的事物，經過解構與重組並

61

且被賦予生命，就像變形金剛裡所有家電五金被奇異能量加持過即成為活蹦亂跳的機器人那樣，可以一個個蹦到我的眼前，陪著我瘋狂陪著我把加班變成一段一段美好片刻。

最常被我召喚出來的要算是有著動物身體的中年男子鬼怪系列了，這個非關我目前的年紀，而是從大學時期的設計課就開始對中年男子的後青春期矛盾與前列腺困窘諸多情結深感好奇，那種往前看往後看都有點太遲也有些太早的尷尬情懷，著實像宮崎駿筆下的無臉男，看似強大卻往往懦弱，自慢我執到令人討厭卻又讓人同情，堪稱鬼怪文藝界第一男主角，賜我非凡靈感甚多。

其次就是從電腦螢幕爬出來，某種說著人類語言的生物系列。其原型毫無意外是來自貞子，從客廳的電視演化至電腦螢幕，甚而刁鑽地躲進了手機螢幕裡，哪裡收得到訊號就往哪裡快活。這位妹妹永遠看似十八歲未滿，但專門滿足十八歲以上的成年口味。體型時而巨大如龍、時而嬌小似蠱，重點是哺乳類當中沒有脊椎者，當推其最具官能文學性。每次她一出現，空氣中總伴隨著俳句一般的魔幻旋律，我也不由自主地忘記自己的脊椎而與之共舞，直到某個靈光閃現，找到思考卡關後的出路而一陣狂喜，清醒一看才發現，螢幕上

妖嬈著的那個貞子，原來是某個 AV 女優。

　　第三種至愛的鬼怪，當推會作弄人的妖獸房子了。這種從地底冒出來的鬼怪尤其喜歡嚇唬建築師，有一次我就遇到成群結黨的連棟透天妖怪，每個都面無表情不苟言笑，而且還都長得一模一樣，一樣的琉璃瓦斜屋頂髮型，髮線中分比例怪異，額頭上還硬要鑲上一顆羅馬柱頭，最恐怖的是身材不高的他們還很在乎腰線，都繫上一條酒瓶欄杆結成的腰帶，全身打上二丁掛粉底，再用粗大的花崗岩作成一個拱當作眉毛，這群冷酷如北野武演的黑社會老大排排站我眼前，那種從空氣裡擠出汁來的黑色喜感，每回都讓我一片歡樂而收穫滿滿。

　　或許你覺得我這種創作糾結有些晦澀難解，但哪個遇到撞牆期的可憐蟲不會帶點兒變態難懂呢？也許是某位爬格子的苦悶作家被絆在標點符號上，額頭著地伴隨鼻血狂噴。也許是巷口那個青澀年少被綁在感情的麻布袋裡，正拼命撞著櫻桃樹直到筋脈全斷，也許也許……也許只是某個尋常午休為了難以決定中飯要去哪裡吃，而拔光自己眉毛的建築師啊！

2016. 3. 23

生活中的使不上力，真實妖魔從來奈我莫何，那些讓我歡喜讓我憂的永遠都是搔到骨子裡的癢，拚了命想抓卻怎麼也抓不到的倉皇失措，一些莫以名狀的酸澀與似笑非笑的假鬼假怪。

박봉 2016.2.7

熟成

——

「熟成」是出生到往生之間最最美麗的一個逗點，這裡面會遇見永生，在你不經意回頭時發現的。

有一天去好友辦公室玩耍，聽見外頭的陽台一陣吱吱喳喳嬉鬧聲，靠近開門一看，原來有幾隻小鳥也來此玩耍。朋友說剛搬來此的時候，覺得陽台空蕩隨即增添南天竹與九重葛各一安放兩側，想為辦公室添一些綠意，蒔花弄草乃城市上空最不城市的活兒，為花草們汗滴禾下土怎樣也不覺辛苦。

日復一日花草成了小樹，陽台也似冒出了一叢小小森林。某天不知怎麼佛心來著，竟飛來兩隻喜鵲逗留，鳥兒應該是為了這個初登場的小生態來的，剛蒞臨時似乎還交頭接耳，像一些到預售屋看房子的客人一般對著這個居心美地品頭論

足。人家都說嫌貨就是買貨人，好友不怕客人吵，第二天開始就在小樹旁邊準備茶水一二、鳥食幾許，準備好好伺候這些樓房稀客。

　　未料鳥兒不僅次日，次次日乃至日日都來報到，而且還呼朋引伴，每日都來五六隻不等，像個中產階級小康之家，舉止在拘謹中仍顯優雅。發展成這樣的動人劇情，讓一旁聽著故事的我玩心大發，決定幫這些飛行嬌客在陽台小森林裡蓋一座小小鳥屋，為這段人鳥之間的「忘族之交」留下一個美好註腳。

　　我開始在草圖紙上縱情發想，從鳥的形體、起飛與降落的姿態，甚至母子餵食相濡以沫的畫面都放進紙上積累設計的線索。我也開始細心觀察著鳥哥兒們的飲食作息與社會性格，如果可以我真想加牠們為臉書朋友。從鳥屋的機能到造型，滿足飲水用餐及休憩打坐等空間需求，到怡情養性的美學底蘊，咱們人間享有的閒活，鳥間一樣得有，若能說一口鳥語，我肯定會為這群業主準備一場誠意十足的簡報。

　　痛快畫完設計圖後，我馬上找了一流的施工團隊即刻動工。我們用俗稱的「鏽鋼」作為屋體材料，這種材料充滿詩意，經過時間的洗禮會逐漸在體表產生一層美麗的鐵鏽色並

維持著這樣的穩定樣貌，鐵跟鏽就像靈魂伴侶一般，將會為這座迷你建築見證不朽。經過數週縝密施工，鳥屋終於在一個晴朗的午後完成，大約一隻雉雞身體大小的可愛房子，如雕塑般地以兩隻細長鐵件撐起，乍看像是騰空在一點五公尺高度搖曳起舞的仙子，倚在小樹旁的閑居模樣連我都羨慕。

我與好友開始滿心期待，期待鳥友入主新厝，期待歡樂的笑聲與溢滿鳥屋的幸福光景。鳥屋上瓊漿玉液美食佳餚一樣不可少，作為一個建築師的古道心腸多麼希望得到業主的共鳴，哪怕只要能聽到那些鳥兒在屋子裡唱個小調我都心滿意足啊！

我們等候了一日、次日、又好幾個次日，奇怪鳥兒們怎麼都沒有出現。過了一週，正當我們差點在陽台上登出尋鳥啟事時，鳥兒出現了！一隻、兩隻……沒多久後 C 大調上的七個音陸續到達，我看著牠們降落在小樹身上的老地方，鳥都不鳥我那棟小屋一眼，任憑我淚光閃閃溫情喊話，這群哥兒們就是不來，像一群專注到讓人生氣的頑固知識份子，用一種鳥類的民族自尊在宣示某種真正的生活風格。我忽然大悟，真正的無知是來自我這個自以為是的人類，竟擅自用所謂的專業傲慢定義著牠者的幸福快樂，這個夏日午後鳥兒們

幫我上了一課。

　　後來的日日，鳥兒一樣都會來陽台玩耍，也一樣不鳥那棟小屋。我與好友其實也早已釋懷，橫豎讓鳥屋安靜地倚在陽台上的那份自在也算美景。直到有天下午好友從手機裡傳來一張剛剛拍下的照片，照片裡的鳥屋竟被一片攔淺在外牆上的葉子烙出一個鐵版鏽出來的印子，慈祥且溫暖的色澤連周邊的空氣都動容。如同詩句一般，葉子的輪廓被融進房子的身體裡，一個美麗的逗點被寫進了時間裡，我於是讀到了「熟成」，原來我蓋那一棟小房子的初心在此時終於發生了意義。

　　時光在這幫我上了另一課，在我不經意回頭時發現的。

物質面的圓滿只是成熟，等到靈魂跟上來了才算熟成；學會了沖咖啡是「成熟」，學會了好好沖一杯咖啡的心才是「熟成」。

三十分鐘的旅行

———

我緩慢地對著瞠目結舌的業主解釋，

為何要設計一個從客廳走到臥房得花 30 分鐘的房子。

你推開客廳木門經過那條三米深簷的前廊時，

忍不住蹲下來輕撫那隻名叫「不想睡」的貓咪身上的陽光，

然後上樓梯前會讓手指滑過落地窗邊的布袋蓮水缸三次，

你的樓梯要繞過五棵當初執意為孩子留下的菩提樹，

經過第三棵樹時，放寬了三倍的樓梯平台有一道書牆，

跟那張土耳其帶回來的板凳，

你坐在凳子上不小心讀完了兩首聶魯達（Pable Neruda）的詩，

然後笑著伸一個巴哈的無伴奏大懶腰走完最後幾階，

你堅持推開那扇可以觸到樹梢的窗，

只為看看鳥巢平安否，

接著走過三個不同角度觀看鳥巢的小窗口，

推開臥房門扇時，秒針走完第三十圈，

而你作了一趟房子裡的小旅行。

一陣寂靜之後，業主笑著接受了我提的概念。

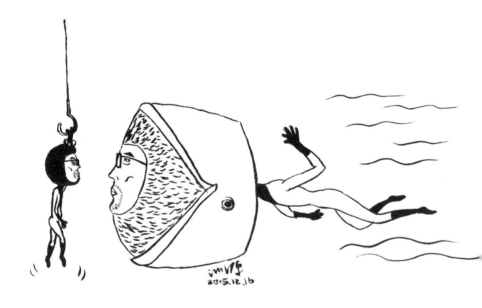

把家屋走成風景，居住會跑出更深邃的意義。真正的生活在每一個此刻，安靜如瓷器，生動如瓷器上畫著的貓。綿長的旅行不在他方，在不離散的心底。

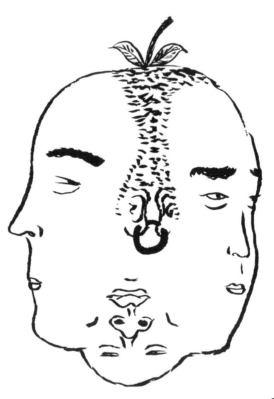

雙核蘋果

———

倒不是在歌頌成雙成對的政治正確性。

大家都知道，兩個眼睛看世界然後得知距離感，兩隻耳朵聽聲音得到平衡感，兩個鼻孔一起出氣多了點正義感。但不要問為什麼再俊美的臉蛋上也就只長出一張嘴巴？可能是因為這個關於是是非非進出的門口，就算給人們開十個也不夠，索性一張到底，吃飽喝足看世間，嫌吵就閉嘴養神。反正成不成雙自有其演化的道理，咱們先不管這些。

那麼長了雙核的蘋果會不會比較甜？或者比較時尚呢？這我也不知道。不過我知道兩個核心的公寓，肯定住起來比較帶感，接下來就讓我切開一粒剛好熟成的房子來細說分明。

首先，第一個核心我稱之為「大孩童概念」，這裡以一棵

樹作為起點，用想像力與白日夢當沿路的記號，把視點調到小孩子的高度，讓家人們聽到彼此話語時，也剛好遇到停在眼前的蟲鳥。如果這麼說有點抽象，我來換個說法好了。想像當你推開公寓走進家時，第一眼不是大電視與大沙發，而是一個有樹影的大陽台，你會從容地將剛從電梯牽上來的腳踏車停在長條板凳旁，然後彎下腰跟大狗屋裡的聖伯納打聲招呼，坐著脫下腳上沾了泥土的靴子，你可以輕鬆地找到靴子的家，以及它跟狗狗共用的盥洗室；你看到樹旁已經停了兒子與女兒的腳踏車，於是知道家人此刻正在陽台另一端等你一起吃晚飯了。

可別以為我剛剛在描述的是別墅生活或者山居歲月，那個恰恰是我認為在城市樓房裡居住該有的吐納尺度與行進節奏。家屋得以居身，尚且需得處所以居其心，身體有了房間安放，而心靈也需要一個沒有牆的房間；這個房間的傢俱是陽光、空氣、植物和水。而這個核心裡的寶藏，就是家人的笑聲。如果番茄炒蛋裡的蛋跟番茄一樣重要，那麼為何我們不能有一個跟客廳一樣大的陽台呢！

另外一個核心我稱它為「大女人概念」，在這裡是以一個應許之地作為原點向周邊放射；沿著時針走的方向，依序是

可以讓全家人一起聊著天、晾衣服的陽台，陽台旁邊有個讓媽媽看了很安心的櫃子，裡頭井然安放著孩子們的球具與輪鞋，然後資源回收桶子們毫不委屈地坐在乾爽的一旁；這裡與廚房之間有一個可以養各色香草與九層塔的立體小農場，一層一層鐵絲編成的架子像個心頭好的小市集。

走完一圈時，我們終於來到作為核心原點的應許之地，裡頭有柔和的光線與緩慢的空氣，可以聞到香草也可以看到早餐台上的麵包跟小孩喝了一半的果汁；這裡有一張原木小桌子，上面放了一盞小檯燈，一本吳爾芙（Virginia Woolf）的《自己的房間》（*A Room of One's Own*）跟一杯茶。沒錯，這兒是家中的第二間書房，女主人的私空間；一家子的幸福美滿，都從這個核心裡煲出來的。

最後，哥兒們請別問我怎有了大孩童跟大女人，為何獨獨就缺了一個「大男人核心」？

這麼說吧，那個玩意兒已經落伍了，辛苦打拼的男性們回到家裡還是當個回春的大孩子吧！

家屋是生活的橫向切面，猶如一顆一顆由酸澀到甜美的蘋果，你可曾細心剖開自己那顆蘋果，先別急著在乎裡頭的果肉是否豐足，如果沒了那個以愛為名的果核，恐怕也只能是一顆好看而無味的偽蘋果了！

蝸居

———

城市裡適合群居，也適合蝸居。

辦完妻子的告別式過後七天，老張就從工作了大半輩子的建築師事務所正式退休了。

老張是個沒有脾氣的老男人，他的老是渾然天成的，從他27歲那年進事務所就開始了那個老樣子。擁有圓圓的肚子跟胖胖的臉，作為一位標準的 Yes Man，他的那種「老」款其實是從骨子裡「好」出來的。說話的聲音就跟他畫的線條一樣絕對平穩，沒有起伏，永遠是乾乾淨淨一絲不苟的 0.1 線條。身上穿著永遠的卡其褲白襯衫，跟那枝永遠別在襯衫口袋裡站崗執勤的工程筆，臉上架著黑色膠框跟總是霧霧的深度近視鏡片，以及那張笑著的臉上始終不曾垂下來的嘴

角，即使桌子上堆滿了世界末日都畫不完的圖。

不過這回老張真的累了。當年大學一個不小心進了建築系，每個學期都是可以穩穩過關但不上不下的成績，是個標準無毒無害也不容易被一眼看到的中等好學生。結果這個「中等」的符號，從求學時一直跟著他直到後來成了中等好丈夫、中等好爸爸跟中等好建築師。永遠忙不完工作的他說當了中等好建築師，就很難同時當個上等好丈夫跟上等好爸爸了。

忙完妻子的事情，兩個孩子也陸續回到美國另外兩個大城市的建築師事務所了。老張一個人站在家裡，慢慢環顧了這間位於台北城郊的大房子，忽然覺得每一道牆跟每件家具都離他好遠，那種陌生感就像自己從沒來過這裡一般。明明是每天吃飯、看報、看電視的場所，卻感覺不到身體的熟悉感，他想起多年前某位前輩跟他提過的「缺席感」，自從有了這個家之後，一直忙於工作的他似乎常常是個缺席的男主人。

他決定把大房子賣掉，搬進市區裡的小房子了。

很幸運地，他找到了一間離公園很近的電梯老公寓，跟他一樣是那種因為脾氣好而顯得老的中古款式，如果再把一樓前面那棵老菩提樹算進來，這房子的確就是個好人模樣。

老張的新房子很剛好，客廳的沙發位子被放進一張大圖桌，還正對著一台大尺寸電視，擺明了是為了跟愛畫房子的自己作對。其實圖桌也只是某種戒不掉的家具，老傢伙的眼睛早就老花到只能畫出房子的輪廓線而已了。餐廳剛剛好一張餐桌兩張椅子，剩下那個進廚房的走道正好只讓一個胖男人經過。

　　胖男人刻意在小臥房放一張國王尺寸的雙人床，然後只剩開門的空間，連衣櫃也不需要，反正卡其褲與白襯衫都不佔空間，那個可以畫圖的客廳也可以整裝穿衣，這個道理不能算是設計，只是生活的日常理解而已。於是這個建築師開始試著讓他的「建築師」身分在房子裡缺席，由此也開始學習真正的生活。

　　做起家事老覺得卡卡的老張，開始學習自己洗衣、晾衣、燙衣、收納衣物時，才發現原來自己從來沒有真正懂過空間的設計學。開始自己買菜、洗菜、切菜、煮菜以及上一桌子的菜之後，才知道自己以前的廚房美學偏執得好笑。開始吸地板、擦地板、倒自己的垃圾以後，才領悟了自己早該重新學習真正的生活了。

　　所以這位退休的建築師讓自己對空間設計的學問歸零，回

到地面感受「過日子」的感覺。建築師的「我執」不在時，真正的建築意義才發生，那是生活的本然樣貌，是房子主人不會缺席的家。於是老張的身體深刻認識了這個蝸居的空間，每個部位都像函數一般找到彼此歸屬的關係，儘管這只是一個十幾坪的小房子，卻紮實承載了家的所有意義。

唯一讓人覺得哭笑不得的，就是這個男人竟是到了獨居之後，才開始學會如何當一個「家人」。

城市裡的生活風格千奇百樣但各有其甘苦滋味，居住的真實感受如人飲水冷暖自知。無論群居或者獨住，可能都不是快樂與否的重點，真正的關鍵是你選擇了生活方式或者你被生活方式選擇了。

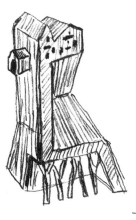

鳥房子
2013.2.24

剛剛好的小

——

　　幾年前有機會接了一個山林小屋的設計案，雖然基地不大卻有著夢幻般的景色。地主是一對愛咖啡、愛建築、愛著彼此與孩子的年輕夫妻。他們只跟我交代了一個重點跟一張寫滿了山居夢想的信紙，就讓我自由發揮了。那個重點就是房子不需大，足夠做夢即可。

　　我開始將那張紙上的夢想進行拆解，再一步一步重組成一個一個空間的需求。開業至今，我始終覺得自己是個捕夢的人，翱翔在業主們的夢境裡，捕捉著一篇又一篇美好的生活畫面。裡面有描繪愛情的詩，有刻劃童真的繪本，有年老歸鄉的情懷，也有遺世獨居的空谷迴盪。我總希望順著土地的緣分，將這些捕捉到的夢苗種進土裡，然後看著夢想開花結

果。當房子落成，而我帶著不捨離開時，也幸福著屋主的幸福，這是我當建築師最大的快樂。

　　總算將夢想轉化成的空間，疊砌出一間屋子的梗概，我帶著草圖跟滿懷喜悅約業主討論這份設計。看了設計圖的業主果然有著預期中的興奮，我帶著他們從入口經過迴廊進出客廳餐廳與客房，再登上兩側掛滿了畫的大樓梯，順著樓梯上方天窗灑下的月光來到二樓的主臥房，無阻擋的環景大窗將遠方山谷上那一片楓林盡覽眼裡，滿足了美景再走進旁邊的星光大湯屋，仙境般的生活，夫復何求。但問題來了，我將房子的所需面積告訴業主時，才知道已經超出他們的預期跟預算太多了。面對這種夢想與現實衝突的尷尬，我只好陪同業主調整慾望的胃口，讓建築師來幫他們瘦身縮小腹了。

　　一週之後，業主傳來第二張紙，紙上記錄的是更簡單的生活與不變的夢想。我很高興這一家人的建築熱情並沒有因現實而冷卻，取而代之是對生活的減法哲學。這個啟發讓我倍受鼓舞，發起熱心要為這個夢想的湯鍋加入更多柴火。

　　我將最初構思的屋子進行拆解，再揉進更多想像，將兩層樓板摺成一張有高低層次的生活地圖。臥房可以是帳篷化身，也可以是閱讀夕陽的茶屋，讓客廳的邊界與室內的隔牆

消失，把房子的身體打開，讓大露臺的綠色空氣與藍色的陽光走進來，然後在房子身體裡展開一張蜿蜒的大桌子，消失的客廳於是帶著更多的戲份回到圖面上，化身為一座生活咖啡館。

業主見到了原來房子可以不只是房子，小也可以小得讓人羨慕。設計於是就在我們高度期待下定案並且開始建造，我每星期像夢遊仙境的愛麗絲上山關照這個小寶貝。看著基礎完成、骨架立起，隨著牆壁與屋頂逐步到位，那個 2D 的夢最終長成了 3、4、5、6D 的奇幻空間，多出來的是快樂的維度、滿足的維度還有鳥兒的維度。

這回我不只是個捕夢的建築師，也是個裁縫師。業主剪去慾望布料的長度，我幫他們縫出了一件更大的衣服。房子雖小，裡頭容納的可能性卻更多，更流動的空氣，更沒有拘束的歡笑聲與拿掉框架後的生活感動。我們一起上了一堂減法的哲學課，在剛剛好的「小」裡，體驗了無限大的美。

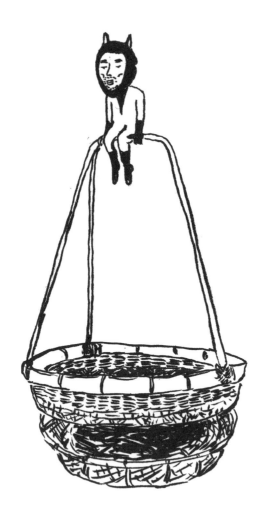

2015.12.10

一個盆栽剛好放進四個季節，一首詩剛好放進「平、上、去、入」，一間茶屋剛好放進琴棋書畫，一張床剛好放進生老病死。大小從來不是問題，有沒有剛剛好才是重點。

未來少年

———

　　中年過後，我開始學習當一個「未來少年」。

　　往日少年很愛畫畫，因為住在長屋裡，老是喜歡在屋內那一條長巷兩側的牆上畫畫。那幾年我總是畫魚的側臉，整面水泥牆上游滿了魚，有肥魚、瘦魚、大叔老魚、少女小魚、夏天的魚、冬天的魚、快樂的魚跟憂傷的魚。家裡的大人竟也沒阻止過我把白牆給弄花了。上幼稚園時的我，因為強迫症似地畫了一大海的魚，害得自己不太敢吃魚，就怕夜裡牆上的魚群會來把我抓走。我就曾夢見自己變成了石頭上的人魚，而且魚頭人身還是營養豐富型的，驚醒之後還不太敢去照鏡子，連說話都能聽見含著氣泡的呼嚕呼嚕聲似的。那幾年大人們就愛聽我說這些古怪故事，看我的塗鴉以及模仿劉

文正跟高凌風，我好愛我的家人。

　　往日少年居住的小鎮，在那個年代裡是不太有存在感的，那種一直處於農村跟城市之間的過渡狀態，能擁有的人文養分著實稀缺。對我而言，所謂「文學」就是國語課本，而「美術」就是交一份抗日戰爭的蠟筆畫作業，哪個部位該塗哪種顏色老師都會細心告知，這種畫得整潔畫得規矩的叮囑，讓當時的我好生困惑，只能在放學回家時跟家裡牆上那群魚伴們訴說我心中莫名的苦悶。日復一日，魚伴們有的長出了頭髮、有的長出了角、有的張開翅膀飛翔、有的站起來小便。反正學校裡有多少困惑，我的水族牆就有多少奇怪故事。很幸運的是，我爸媽搞不懂這個少年在徬徨什麼？反正牆壁髒到深處無怨尤，「大不了再刷一次油漆就是了！」老爸是這麼說的。

　　少年不復之後，體制就接管了自由的心靈。我離家到外地讀中學，那一路的智識養成是有 SOP 的，所有的學習都一致地朝著聯考前進，如同向日葵朝著太陽。我像羊群裡無法辨識差異性的某隻被編上號碼的羊，吃同樣的草，也拉著同樣顆粒狀的大便，定期還要讓身上的毛被修成同樣的溫馴，再被蓋上良品肉類的正字標章。存在感只能在多爭取零點一

公分的平頭髮線這種生活細縫裡頭偷偷冒芽，哪怕是開一朵小花都覺得是革命。

然而困惑跟魚群一直都在。

日子就在還來不及跟魚群與困惑告別時便匆匆催我長大，還來不及接到長大的通知就匆匆變老了。

我在城市裡成了一個知書達禮的建築師。曾經以為這個行當應該是個拘謹的中產階級角色，儀容舉止得端莊在得體的品味裡，連笑起來的樣子也得如此。或許建築師這個角色，長久以來總被社會期許為某種不該有毛邊的斯文典型，不管把房子設計得美或者不美，你都得看來是個好人。偏偏這個島上對於好人與壞人，常常會愛恨分明到了非黑即白的草率，給了每個角色一張標籤，所有日常好惡都變成條碼被輸入標籤裡，似乎躲在框架裡當一個人造人會比較安全舒適。凡此種種，像一條一條在我腦中游著的魚，皆是困惑。

直到有天我設計的一棟房子剛剛完工，滿意的業主要許我個設計費之外的心願。我開玩笑說著，小小的心願是希望在這棟新房子裡的白牆上塗鴉，沒想到業主一口答應。就這樣我意外得到一個重回少年的下午，腦中的陳年困惑一一從我手中的炭筆化成線條，用種很不乖的情緒在牆上變身為蟲魚

鳥獸，而且都有人類的表情，有情感有脾氣，也都會站著小便。這一牆瘋狂的故事，居然讓房子的主人也想撕下標籤走出框架了。原來，困惑的答案就在差點被我遺失的慘綠裡。

我們習慣把人生當成一條射線，所以必須朝著箭頭的方向前進，並且會在射線上面畫下刻度並寫上社會所預期的生命狀態。不知不覺中也就按著刻度長大，按著刻度求學、戀愛、成家、立業，然後看著即將觸摸到的箭頭逐漸老去。青春夢想與浪漫情懷，似乎也像衝往太空的火箭，隨著接近太空的高度，一節一節將附屬艙體脫離並拋棄。直到最後，飛行成了唯一目的，圖的只是跟隨某個引力繞在軌道上運行著。

可是射線為什麼只能有一個箭頭呢？

真正的熟成，應該是帶著智慧重返年輕。

如果可以，我要朝著另一種未來倒著長回去，我要當一個未來少年。

五十歲這一年讓自己趨近熟成，此後每年遞減一歲，順著來時的路倒著長回去，到了一百歲那年重新找到孕育自己的子宮，生命於是完整……以上是白頭少年的未來宣言。

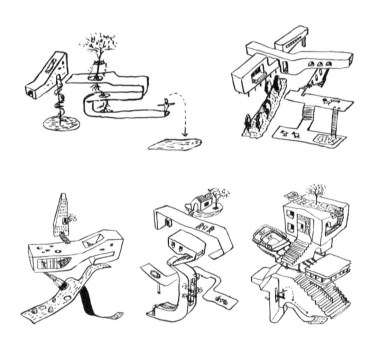

住在文字裡

———

文字好美，

文字裡的空間更是，

跟著我一起逛進文字裡，

也許你會想在這兒住下來呢！

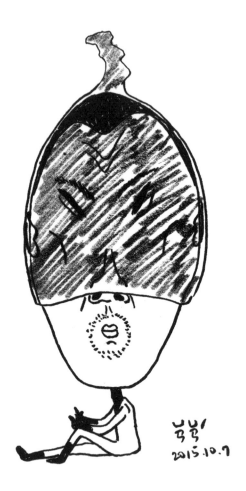

倉頡造字，我取字造屋；

字裡千奇百怪，字外一片明白。

生活

LIFE

黑

匠人　　　　　　理　想　的　工　作　空　間

男人想要的廚房　　廁所驚魂記　　　　　　　前 任 男 朋 友

一　見　鍾　情　的　房　子

家具人間　　　你家的衣櫃　　　樓　梯　的　戲

很有戲的防火巷

妖　嬈　的　城　市　裡　有　一　條　素　顏　的　街

獨立書店

老房子　　　梁 實 秋 故 居　高 富 帥　空 氣 人 形

黑

——

　我小時候很怕黑，真的。

　後來才知道當時害怕的是夜的黑，或者該說是害怕醒著的
夜。醒著的夜為何可怕呢？可能是擔心未歸的父親、掛念正
在等待著的母親、還有存在夜的暗黑空間裡，預期之內與想
像之外的各種可能。所有的假鬼假怪跟真鬼真怪會一幕一幕
輪番在我小腦袋裡頭上演，畫質清晰而且絕無冷場。現在想
想原來我的豐富想像力啟蒙者是那一團又一團童年夜裡莫名
的恐懼感。

　如果把黑只從色彩這個身份來認識，實在是找不到讓人恐
懼的理由，我得試著從更高的維度來理解它，那就是空間裡
的「黑」。我們在空間裡得以感到安穩，很重要的因素來自

於領域感的認知與掌握。當你知道自己所處空間的邊界在哪裡時，你也就知道此刻被錨定在哪一個座標上。身體與空間的關係被理解了之後，安全感可以賴以建構。一旦那個邊界消失了，許多認識世界的參考點不存在時，恐怕又要落入恐怖異境。這或許如同身處於漫無邊際的大洋或是太空宇宙之中，又或者所有的感情關係都不存在時所落入的孤獨陌生裡，從而衍生出來那份巨大的無助感吧。

原來孩提時的我不是怕黑，是害怕失去邊界感後的孤獨。

長大之後的我曾經總是一身的黑。那種如信仰一般的專注，黑色T-shirt、黑色外套、黑色長褲與黑色膠框眼鏡，畫圖時只用黑色的線條，黑色之外，一律留白。酷嗎？告訴你真相，那是一種對於色彩的虛弱感與缺乏自信，躲在光譜到不了的陰暗裡就以為世界的色彩如何繽紛與我無關，那些不甘寂寞的五顏六色都是喧囂與雜沓，神秘的黑色在這時反而成了最安全的顏色。這份偏執同時也是我對於黑色最幼稚的認識，或者根本算不上認識。

重新理解黑色是在四十幾歲的中年以後，在上次牆上塗鴉的機會裡，我將自己的設計工作所累積的知識與好惡忘掉，讓身體順著本能去玩耍顏色與線條，全然回到小時候在鄉下

老家的牆上拿蠟筆亂塗亂畫的快樂裡，不去判斷也沒有成見。在那個當下我從五顏六色的輕鬆自在裡看到了黑色，看見過去曾經套在自己身上的框架。然後我將框架摺成一隻蝴蝶，朝著天空雙手使勁兒一放，蝴蝶變成光譜的碎片飛散在空中，那一剎那我忽然覺得自己的青春期好像重新再來過一遍，而且是彩色版的青春期。原來重點不是你看到的外界那個「黑」，而是你沒看到的內心那個「暗」。

你怕黑嗎？也許你只是以為自己怕黑。

你只喜歡黑色嗎？搞不好已經是大人的你，需要的只是一次撒野不會被責備的狂亂塗鴉，破除原來的黑色偏執，哪怕接下來是另外一個紅色偏執或者綠色偏執。或者看見自己的偏執之後，偏執也就不再讓我們緊張，從而可以走出那一個小圈圈。對於色彩的遊戲我們都可以像個小孩子一般，大膽自信而且充滿想像力。

點一盞不去預設立場的光明燈，讓我們看見空間、看見邊界、看見安全感。也可以看見形體、看見色彩、看見黑的溫柔與慈悲。最美妙的是還可以看見另一個未曾遇過的自己。

真實的風景總在閉上眼之後才看見，顏色亦然；
黑與非黑，只在心底的眼睛張開的剎那吧！

匠人

———

　談到匠人，首先想到我父親，如同達文西般神奇的匠人。

　從小我便看著父親在鐵工廠裡像一位馴獸師，駕馭著每一部巨大的機器，穿梭在那些車床、鋸台、綿長的輸送帶之間。他總能不疾不徐在來回撫觸之間就讓巨獸們任其指揮，乖乖地循著同一個方向繞著讓人安心的圈圈。也因此我總是帶著仰望馬戲團的興奮心情跟著父親去工廠，跟著「董次……董次……」的搖滾初體驗，學習著男人味的重節奏。

　記得我小時候曾經立志要當一個專門修理各式飛行艦與機器金剛的無敵技師，為此我還拆了好多家裡的大小電器，當然後來有八成都是靠我那位達文西老爸幫忙回復原狀的。我享受著每一次的解構與重組，那種看著一群兀自獨立而且各

顯風騷的組件經由父親那雙巨大但靈巧的手媒妁其間，半點不強求地找到了相應的居所，像是音符降落在五線譜上那個原本就屬於它的位子似的，原本看似卓爾不群的倨傲質數逐步成了彼此的靈魂伴侶，一串美妙的方程式就這麼服貼在父親的手上。我正在一旁瞠目結舌地不知如何讚嘆，厲害的男人已經悄悄走開繼續其他的神奇創造了。父親這種不多話的性格，在我心裡建構了一種安靜的匠人原型，安靜如抽屜中的筆，如神明桌上燒著的香，安靜如一隻老貓。

　或許也因為這份安靜，讓我感覺匠人有種不易捉摸的脾氣，說不上是好是壞，脾氣這種東西其實也不那麼好歸類於良否，大多被稱作好好先生或者壞壞男人總有那麼些時候會讓你領略到月亮另一側的秀異，從而察覺每個人的性格裡都藏著一列光譜，是冷是熱就看你接近的是哪一端了！

　年輕時的我曾在初臨某工地時，被一位老師傅洗了一次心情的三溫暖。那是一個夏天午後，我冒著雷陣雨來到工地時，一位據稱是木工師傅們的大師父站在門口，手上拿著施工圖貌似已等我良久。這位大職人身型壯碩，而且說話時聲如洪鐘，施工圖上硬挺的筆劃在他的手指下猶如秀氣的絲線，每張圖都乖乖地在等候這位馴獸師差遣似的。老師

傅還沒等我開口，就一口氣指出好幾個他眼裡「設計的差錯」，有某種緊張對峙的火藥氣息似乎也在空氣中逐漸形成。我想到「一代宗師」裡的葉問在決鬥於一眾武林高手時的沉穩大度，遂耐住性子一一釋疑。經過我一陣細心說明與討教，老師傅察覺了眼前這位看似青澀的小夥子，其實也有顆匠人的心，後來我們從圖面裡的空間細節聊到圖面外的生活細節，聊童年、聊老家、聊到同樣有著匠人的父親。我們之間的言談溫度跟手上的香菸一樣逐漸溫暖，老師傅臉上的線條也柔和了好多，一開始在他口中的設計差錯經我們一同熱切討論後，一個一個變得不再是問題，那些設計在加入了老師傅的意見之後更形美妙與成熟了。後來老師傅喚徒弟去買來熱咖啡與長壽菸請我，這時候屋外的雨剛停，陽光也悄悄露臉了。

　　年紀越大越覺得生活中處處可以遇見匠人之心，從手上溫熱的茶杯到牆上的老掛鐘，從廟口的木頭板凳到公園裡的石板步道，眼前承載了各色的生活美好大抵是一代又一代師徒相傳的百工職人們，一斧一鑿地造出來的大千世界吧！

江川鹰
2014.9.27

匠人的堅硬背後有世上最柔軟的心。

理想的工作空間

——

離開學校後便投入了建築師事務所工作，至今已經二十餘載，前前後後待過幾間大中小型設計事務所，經歷過許多不同尺度的辦公環境，也體驗了各具特色的工作氛圍。像是一場一場別開生面的電影場景，舉凡文藝片、警匪槍戰片、末日魯蛇片乃至溫馨家庭小品劇。觀察著這些設計師們的工作情境，有時候比欣賞他們的作品還更有趣。正所謂相由心生，空間其實也是如此，主人的特質醞釀出相似的空間氣韻，形塑出來的工作情緒也會反過來再影響著工作者的創作理路與風格。

其實不光是設計產業，這種工作空間與人共生共長的關係普遍存在各種不同型態的業別。城市的人們每天必須花上至

少一半的時間，跟自己的工作場所產生各種親密關係。打從一早決定要穿哪一套衣服上班或者開會，中午要吃哪一間餐廳、叫哪一家便當，直到晚上加班時要聽哪一張音樂專輯，每個呼吸屏息都跟這個場所有關聯，它不僅像你的寵物，偶爾你也被它豢養著。不管喜歡或者討厭，到頭來你會發現，我們正透過與這個空間的聯結在參與著城市，辦公室是個巨大載體，將人們的喜怒哀樂或者灰白情緒透過它的編碼滲入一個更大的載體，也就是這個五光十色卻有時又像殭屍般冷漠疏離的大城市。城市像是一個長句子，而裡頭不斷產生著各種子句，有時喃喃自語有時交互機鋒，後來到底產生了何等意義倒也不那麼重要了！

　　扯得有點遠，我們還是來看看幾個有意思的辦公空間吧！

　　首先要提的該是最常見的黑白文藝片，或者也可以稱之為「灰階強迫症」。這種辦公室的主調性大抵是一個灰色。說不上來為何眼睛會自動將別的彩度給過濾掉，或者所有在此處的顏色會因為某種情緒而加總成了灰色。從各式事務機器與電腦的淺灰，OA辦公家具的中灰，一直到老闆身上穿的那套深灰色西裝，中間還不能跳過各級主管傳達命令時的灰色語氣，與員工們臉上少了血氣又吹了太多冷氣而浮現似哭

非哭的灰白表情。如果裡頭有人中餐是帶便當的，那麼請別懷疑，便當裡的滷蛋與花椰菜也會是灰色的。這種辦公空間並非如表面上那般的絕對寂靜，你總會在空氣裡聽見一種窸窸窣窣的灰色噪音，很像情人之間不想讓人聽見的低聲絮語，一種拘謹底下揣揣流動的暗潮，讓我想到小津安二郎的黑白文藝片。

第二種警匪片類型大多出現在玻璃帷幕大樓裡，通常距離捷運車站不會超過十分鐘的路程，這不僅可以營造出為了打卡而衝鋒陷陣的捨命氛圍，也關乎下班逃命在槍林彈雨裡但怎麼也打不死的英雄情節。來到這裡你會看見藍色，藍色的落地玻璃窗、藍的地毯、藍色的檔案夾跟一堆藍色的簽字筆。藍色似乎是為了提醒這裡的人們重視效率而存在著。這種辦公室大多見於外商色彩濃厚的公司，從主管到員工都像是精神抖擻的警探，筆挺的服裝與冷峻不失帥氣的表情，不僅隨時都在待命的節奏，也似乎總預期著身旁會躲著一個臥底，冷不防會有顆子彈畫過藍色的空氣提醒人們還沒下班之前世界就不會平靜。這種戲感最常在這幾年香港的警匪片裡捕捉到，我一直納悶為何電影裡的警察與警署辦公廳都帥得那麼整齊。

什麼是末日魯蛇類型的工作空間呢？大約就是老闆員工上上下下不超過三個人的工作室。這一類的空間大多位居建築與建築的縫隙，或者具有著邊緣性格的位置。在裡頭工作的人就像是忍者龜一般的異能者，有著超強的生命力與戰鬥感，老實說台灣的庶民經濟有很大一部分得倚賴這群不太露臉的超級英雄。走進他們的工作室，會以為來到某個地下搖滾樂團的練團室，十幾坪的空間偶爾會隨著工作氣氛的鬆緊瀰漫出香菸味、咖啡味與威士忌的魔鬼味。這裡不分會議室、主管室、員工室，只要有機能的需求，空間便可發生意義，不僅充滿彈性而且十分有機，形隨機能或者機能隨形根本不是問題，哥們要的就是那股對抗城市機器的單調乏味而一直都得有革命色彩的工作魂。隨時都在工作，也在遊戲，但不曾見他們休息，從工作空間到每個人的臉上都掛了黑眼圈跟刮不乾淨的鬍渣。附帶一提，這些工作室似乎都會在牆上貼一張「切‧格瓦拉」的海報。

　　最後離開了叛逆的搖滾聖殿，我們就要走進很療癒的家庭溫馨小品劇了。這類辦公室通常有著類似住家的格局，除了家具從居住換成工作類型外，舉凡玄關、廚房、冰箱、流理台、客餐廳這兒都有。而且廚房不只提供茶水，通常這類

型的主人會喜歡料理中餐與午茶，因此這個挑動味覺與嗅覺的烹調空間就成了辦公室的情感核心了。上下同仁們在這裡會像家人一般問候彼此，接近中午時還會聽到討論著餐點菜色的溫暖交談。最可愛的是這種辦公室會有很大的開放式書架，而且書架上會有三分之一擺放漫畫書，三分之一是同仁與老闆帶來一較高下的公仔與機器人玩具，剩下來的空位才留給專業書籍。走進這類辦公室會感受到濃濃的原木調性，摸得到的家具都有手作的紋理與觸感，暖暖的調子讓整個空間像杯溫熱的卡布奇諾，而陽台上的九重葛就是咖啡泡沫上面的薄荷葉，在這裡工作的人大概每天都會捨不得下班吧！

　　待過了各種類型的辦公室，在我創業後也一路摸索著自己最理想的工作空間。隨著年紀到了「大叔以上，伯伯未滿」的舒服階段，我也找到工作的居心之所。這裡有陽光、空氣、植物和雨水，還有溢出杯蓋的溫熱創意跟工作的好心頭。

　　偷偷告訴你，那間療癒系的溫馨小品就是我現在的辦公室。

林明弘
2015.9.24

眾裡尋他千百度，也許要的只是一個聞得到自個兒騷味的角落，讓你存在、讓你撒野，也讓你累得像條快樂的狗的角落。

男人想要的廚房

——

落筆之前，恐怕我得先問問：「男人到底想不想要廚房？」

這不僅是心理學的問題，可能也是生物學與進化學的問題，弄不好還會變成存在哲學的問題了。

我知道這麼說聽起來有點兒怪，何以我要小題大作？很多人以為廚房是女人的事，大部分男人是不需要管的。可是我常在想，有沒有可能是男人誤以為自己不那麼需要廚房？

得道的高僧（也是男人)說過這麼一句話：「需要的不多，想要的太多。」這句話落在男人與廚房之間就有意思了。試想如果男人不僅需要廚房，而且想要廚房比需要還多，那麼這個世界會不會變得更可愛些，更療癒些呢！

我想說一個故事，關於一個男人與廚房的愛恨癡愁。

老友L男，外商公司的高級主管，名校畢業的管理碩士。幾年前當他還是單身時就在城市二十樓的上空擁有一戶自己的「質男部屋」。房子二十坪大的面積全部打通，一個房間與一間浴室，一個男人與一隻大狗。廚房對他而言只是牆面的一個符號，在半夜突然飢餓需要煮碗泡麵時，那符號才會發生生物學的意義。其實這位雅痞不是不愛美食，而是享用料理美饌時的L男，總是在那個叫作「家」以外的「他方」，一家又一家高檔的餐廳。烹調的意義與那個男人的身體接觸僅於味蕾食道與內臟了，也難怪他會與廚房演化出那種疏離的物與物之關係。而那個房子的大小也量身訂製般的剛剛好讓一點五個人舒服居住，那個零點五代表一種非穩定交往的情感關係，其實也就是他更迭不定的女伴們。

　　直到四十歲那一年，L男說他需要一個廚房了，因為終於遇到一個懂他的女人，男人浪蕩的靈魂與漂泊的腸胃都想要定下來了。所以他換了一間三十坪的房子，一個房間、一間浴室、一個餐廳與開放式廚房，跟半個不需要電視機的起居間，另外一半留給了植物與寵物。

　　你可以想像這個房子的幸福感簡直要多到像奶昔一般溢出來了，廚房裡日日烹調的不僅是食物，更多的是愛情。空間

跟身體的關係也不再只是物理性的尺度感，更多的是感官性的親密感。對L男而言，廚房非但不再只是個符號，而且簡直從名詞變成一個充滿表情的動詞了。對於男人類來講，或許這也是一種空間認知上的演化吧！

三年後，L男離婚了。（這裡不去解釋為了什麼原因，反正跟柴米油鹽沒關係，也好像有關係。）

回到獨居的他沒有再換房子，有意思的是，他把唯一的臥房拆掉，將原本廚房延伸成為兩倍大。兩台冰箱、兩座爐具、兩張島台、兩盞吊燈；剩下來那一半不再親密的肢體動作揮舞著兩倍的兩次方的寂寞，他要讓自己睡在親密的孤單裡。

那個懂他的女人離開以後，他似乎更加耽溺在這間廚房了。就是「寂寞」這東西讓「耽溺」從嫩芽長成大樹，男人在重新單獨面對這個親密空間時，開始學習從舌尖到腳趾尖都要跟自己好好相處，而最好的練習場所正是廚房，這是L男步入中年後賴以安身的存在哲學。

前陣子得知L男再婚了，某天我在臉書上收到他傳來的短訊：「哥們，我終於知道理想廚房的條件是啥了！」

「是啥？」我問。

「不告訴你。」

男人也許更想要的是廚房的主人。

廁所驚魂記

——

　　這裡要談的不是那種半夜內急時會從馬桶裡伸出一隻手的驚悚路數，也不是嗯嗯時解出一隻兔子那種日本蒐奇式的瘋狂情節，我要分享的是三個關於廁所空間的倒錯經驗，全都跟「尺度」這件事有關。

　　第一個故事是關於「高度」的驚奇，地點是在一個即將完工的運動場看台下方的黑空間。我隨著朋友一道去現場做完工前的探勘，總覺得建築在落成前會有一種即將衝出謎團的興奮感，大概跟每個人在母親身體裡最後那幾天的心情差不多吧，雖然大部分人都忘了。

　　到達看台之前我們先進到一個很高的大川堂，我想大概有三個綠巨人浩克疊起來那麼高吧。因為空間裡仍有工地進行

中那種粗曠陽剛的場所氛圍，讓我不由得聯想到超級英雄之類的粗壯感。大川堂兩旁是通往看台的大樓梯，直達三層樓高的階踏有著粗壯如樹幹的扶手，靠著牆壁時仍可以感受到尚未油漆前、混凝土初熟的氣味，說不上好聞與否，但對於我這種「建築控」來講，此味道猶如野地裡雨後乍醒的青草味一般，會讓人興奮地起了雞皮疙瘩。

大樓梯下方有個小門，看上去挺像是神木底下的小樹洞，低調又可愛的秘境入口一般，引得我非得尋幽訪勝，顧不得朋友已經登上了樹頂要轉往看台欣賞主戲。我帶著小紅帽的心情走近那個洞口，然後小心翼翼地推開小木門，生怕驚動了裡頭的仙人或者仙鼠似的。第一眼看到的是洗臉台，旁邊安座一個馬桶，原來這裡是一間工作人員的廁所，尺寸迷你但機能周全。正當謎底被解開讓我感到心頭一陣舒坦時，我抬頭一瞧差點跌坐馬桶，一陣神聖的暈眩感從十幾公尺高的天花板凌空而降。可能是因為這個空間並不提供公眾使用，索性不做天花板（或者這是還沒完工前的詩意狀態），因此看台下方的雄壯結構就成了這個空間很坦白的上方了。約莫一坪大小的私密場所，卻擁有面對巨人般的仰望尺度，這個衝突與違和感讓我覺得心頭與攝護腺同時一陣揪結，果然建

築不僅具有精神向度，也影響著人類的器官向度。

　　第二個奇特的經驗是關於「寬廣度」。幾年前我因為工作到訪中國北方一個小城鎮，雖地處偏僻但仍偶爾會有現代化房舍出現在田地與田地之間。這兒隨便一塊田地都有讓人看不著邊際的廣袤，急著想開發的城鎮，無論是建築基地或者工程項目都是超乎經驗的大，這是我早有耳聞的，但真正新鮮的還在後頭。

　　業主安排我當晚入住一間號稱當地最具指標性的高級別墅，兩層樓的斜屋頂洋房，灰藍色屋瓦搭配灰綠色版岩外牆，再加上赭紅色陶磚步道顯得一派復古風情。一樓入口前還有個很大的平台與往兩側展開的迴廊，車子載著我緩緩來到前院的草地時，我彷彿感覺到一種瑪麗蓮‧夢露正在屋裡準備晚餐的錯覺。進了屋裡沒有意外看到一個挑高兩層樓的客廳跟旋轉樓梯，這種配備似乎是某個世代所有華人的居住夢想，非僅現代感，而且氣派十足，也是瓊瑤的文藝愛情電影裡最常見到的場景之一。另外一景是海邊的沙灘，離客廳通常跑步只需三秒鐘，而且奇怪的是男主角永遠得再跑五十公尺才追得上女主角……對不起我又離題遠了。

　　我進了一間配有衛浴的客房，放好行李準備好好梳洗旅途

的疲憊，順便排解腸胃裡微微的焦慮感。但我打開浴室的門時忽然有種迷路的感覺，怎麼這間浴室這麼大！大約臥房一般大，我估算起碼有十坪。這般霸氣的排場若非為了出入將相要不就是建築師別有用心，因為偌大的聖殿裡只配備了單人份洗臉台、馬桶、淋浴間各一，其他的就是無限的禪意與我的驚嘆迴盪其間。陷入十里雲霧的我顧不得獵奇的心情，只想盡快確認馬桶方位處理要務。總算一陣舒坦後想拿衛生紙時才發現，那一本像書冊般溫柔的草紙被放在洗臉檯上，而且距離蹲坐著的我有五步之遙，最後我帶著敬畏的心情完成如廁的程序，然後困惑著走出這間堪稱廳堂的盥洗室。我想建築師一定在這間浴室裡藏著某種如廁的奧義，或者我寧可這是一場美麗的誤會。時至今日仍無法參透，只能清楚記得那個光著屁股甩過五個大步伐去拿衛生紙的壯烈當下，我曾經朝著落地窗外的天空大喊：「Ｗ⋯⋯Ｈ⋯⋯Ｙ⋯⋯？」

　　第三個故事是關於一間「無法到達的廁所」，話說有位朋友買了新房子，剛交屋時帶我去幫他看看也給他出點裝潢的主意。他很得意花一層樓的錢買到兩層樓的價值。因為那房子是所謂的挑高創意空間，屋主可以視需求搭建夾層，台灣的房屋產業動能十足，每隔時日總會有新鮮創意問世，一旦

成功就會大行其市並且快速演化，二、三、四、五、六代。而且A款玩膩了馬上會有B、C、D……款接棒，好像櫥窗裡的芭比娃娃幾天沒見又是另一位公主得寵當道了。

　　我們走進剛清潔完成的毛胚屋，房子面積不大，但該有的空間都有，空間的高度也如同朋友說的直達兩樓高。自然採光與通風條件堪稱到位，客餐廳雖然迷你，但搭配開放式廚房將幾個廳給打通後，也有著不錯的生活感。臥房雖小，仍考慮了收納衣物的餘裕，整個屋子的平面給了人一種貼心的尺度。接下來的重點就是夾層的創意該如何發揮了，這時候我才發現一件有趣的事，在這間兩樓高的小房子裡，雖然夾層的樓板還空著等待屋主自行規劃搭建，但貼心的建商已經幫屋主將第二層樓的浴室也蓋好了，位置不偏不倚就在第一層浴室的上方。上面那間浴室在姿身未明的此時，於是成了一座沒有彼岸的孤島，沒有樓梯也沒有第二層樓。一間無法到達的廁所，空間裡頓時又迴盪著一股濃濃的禪意，我猜想這間孤傲的廁所被完成施工的彼時，那位師傅應該是帶著拈花微笑回到一樓的人間吧！

　　以上就是三個不大不小的空間體驗，給了我許多深遠的啟發。

你一直忽略的空間，也許有著最拗的脾氣。

前任男朋友

——

　　每一次期約限定的租屋就像一段不長不短的愛情，妳不一定有前任男朋友，但一定有過搬家的經驗，還記不記得上一次搬家時的種種牽腸掛肚與藕斷絲連？或者頭也不回但總是怎麼也打包不完的情緒。

　　通常要說每一段租房子的生活故事時最不能做的就是掐頭去尾，因為精彩重點都在開頭跟結尾，其餘的就是逐漸耽溺、反覆、再悄悄無味然後冷感的小日常了。

　　就從開頭說起，有時候那是福至心靈的一見鍾情，對上第一眼那天，午後三點的陽光落在客廳地板上拉出一個煽情的角度，樓下鄰居的手沖耶加雪菲香味趁機從陽台竄進來，此刻妳會恨不得馬上可以跟這房子「在一起」，第二天就想把

細軟跟美麗諾言都許進來了。

　　然後妳開始計劃著如何布置，請注意是布置而不是裝潢，因為此刻的妳只想掉進戀愛裡，姐還不急著相夫教子，把自己包裹進一張定型化契約裡然後去他歌詞裡慢慢變老哩！

　　妳會挑選合適的家具與擺飾，換上新的窗簾跟床單。有新的氣息也有熟悉的味道；當然有時也可能是前一段感情留下來的回收良品，倒也談不上是眷戀，不過就好像閨密們常說的，總有幾個同樣的特質會重覆在每一位男主角身上，說穿了原來都是自己捨不得丟啊！

　　接下來妳會樂於跟朋友分享這房子給生活帶來的喜悅，如同妳會急著帶著這位Mr. Big跟姐妹們曬妳跟他的小恩愛，當然也會期待閨密們羨慕與忌妒的眼神。

　　然後在最短的時間內妳希望跟房子經歷最多的美好，在廚房做一桌浪漫佳餚，客廳插一盆鮮嫩波斯菊，盥洗室要有鼠尾草的香氣，臥房則是一晚又一晚各異其趣的溫存與笑聲（或叫聲）。

　　然後……然後之後的然後……小日常的單調就悄悄長了芽冒出葉來。首先洗臉台開始漏水，然後妳在某天早晨對著天花板大叫著流理台的踢腳板裡怎麼會有該死的小強，接著是

樓下那位曾經很會煮咖啡的鄰居為什麼非得在半夜聽《加州旅館》（*Horel California*）而且把二手菸味循著陽台竄進老娘房間。直到有一天開始喃喃自語：「上了一天班快累垮的身體進家門只想打懶，誰叫我照料玄關的植物我跟誰翻臉」！

終於最後一根稻草緩緩掉在駱駝背上，本宮貌似對這位男朋友乏了。

妳又開始留意起租屋廣告，開始不在臉書上貼出妳跟他在一起的動態了。而細心的姐妹們也開始幫妳物色下一間更棒的房子，也許有無敵景觀，也許是崗石城堡，也許捷運忠孝復興站、也許民生社區的小巷。也許，妳真正想要的是一塊空地跟一個懂妳的建築師。

然後就到了每回總會想起「斷捨離」這三個字的打包時刻，並且永遠都告訴自己不再買東西了、不再買書了、不再買鞋、買衣、買玩具了。這時妳忽然發覺房子又回到第一次見到時的青澀模樣，說不上來是不是難分難捨的心情，但總感覺已經翻到小說最後一頁，是放手的時候了。

所以妳的「Ex-man」是市囂裡的高富帥大樓或是閒雲上的小鮮肉平房？當然也可能是靜巷內的文青老公寓，或者是

如亞馬遜叢林猛男般充滿可能性的那一層屋頂加建，跟那個擁有整個星空的大露臺。

想念他或者寧可狠狠忘掉他？或者⋯⋯或者上他臉書留一則問候的訊息時才忽然發現，上面的感情狀態已經變成「穩定交往中」，原來房子已經有新的主人了。

很難，真的很難，很難知道在捷運上遇到前任男朋友時該說哪一句禮貌的話……（還好我是男生）。

2012.6.7

一見鍾情的房子

————

　　一見鍾情可以發生在任何地方。

　　有時一見鍾情的房子在雜誌上，像一朵永遠不會凋謝的花，美麗不懈在二維的世界裡，翻開遇見他的那一頁同時決定愛上他。他會有個文藝感滿到了鼻腔險些讓人窒息的名字，肯定不是安東尼或是陶斯那一類的，是那種符合時尚文脈與編輯品味的詩句。房子的背後總是晴天，黃昏的天空也有不可思議的藍紫調子，海洋般的深邃就像阿拉伯某位石油王子的碧藍眼珠，深情而無辜（那種因為老爸太有錢、老媽太美麗所以不能怪他太帥的無辜感）。雜誌照片會帶妳走進一個一塵不染的客廳，有恰如其分的光線整齊落在地板，這裡的家具與擺飾向左向右偏一公分都不行，也許供妳觀看的

147

角度都得帶有某種儀典性。然後從餐廳到廚房、從花園到酒窖、從天花板的吊燈到大理石地板的接縫全都住著名叫「品味」的魔鬼，連咳嗽的聲音都帶著宮廷的腔調。妳猜想住在這裡必然會像個公主，但我覺得更像個有貴族血統的幽靈。等最後一頁翻過去時終將結束這段感情，妳決定轉身離去，讓那些不會凋謝的人造花去當這座房子的情人，闔上書本關上檯燈之後，你再度回到單身，只帶走美好的記憶。這種一見鍾情裡的房子像標本，被凝結在最美麗的狀態，然後也只能剩下狀態了。

　　或者一見鍾情的房子在樣品屋裡，他的費洛蒙會讓妳快到門口就聞到了，通常是鼠尾草再帶點挪威甘菊的味道，訓練有素的優雅管家會點上精油領妳走進堂奧。房子的背後通常有個故事，是關於某個美學流派或者一種你必須知道的生活風格。妳坐的那張很有型的沙發是出自某位很有名的設計天王之手，腳上踩的地毯擁有跟杜拜的帆船酒店同樣的血統，牆上的大理石有個跟日本大文豪只差一個字的名字，主臥室裡那盞檯燈聽說碧昂絲的別墅裡也有一盞。逛到這裡時妳的嘴巴或許已經因為 WOW 聲不斷而感到有點酸，但是就連那股肌肉微酸感也可能都鑲了 bling bling 的鑽石邊兒。真正

的高潮其實是在廚房，來自義大利的流理台，晶瑩剔透落落大方，不僅有華麗身段，唱功與武戲同樣精采，煎煮炒炸烘蒸烤，開門豈止七八九件事，每樣功能簡直像魔術一般，光用說的就是一桌好菜好湯好時光了。不過似乎在這裡的種種夢一般的生活樣本也只能用說的，這裡的一見鍾情只讓妳觸碰情人俊美的臉跟皮，他永遠對妳深情笑著是因為他只有這個表情。樣品屋裡日日美好，妳與樣品屋談了一場偶像劇裡的愛情，走出房子也走出劇情了。

　　後來妳發現，真正的愛情不在他方，不在扉頁之間也不在櫥窗裡。他就在每一個「這裡」的生活裡，會笑會哭也會脫線放空，下巴有時淨白有時鬍渣但是保證絕不撞臉，因為他不僅有皮有肉有骨骼，而且有情緒跟溫度。放進了日常生活的房子才會呼吸，那種居住的美學像妳親手從日曆本子撕下來的紙張，是有毛邊的，再怎麼小心翼翼地撕也不會每張一模一樣大，因為沒有人保證公主遇到王子以後絕對不會吵架，更何況是許多年後不再年輕的大嬸與大叔了！

　　一見鍾情是一種墜落，雖然璀璨，不小心也會像摔落地板的搪瓷娃娃讓人大夢乍醒。或許真實人間裡日日有情的安穩降落比較妥貼，房子真正的幸福美好還是要童叟無欺六畜興旺吧！

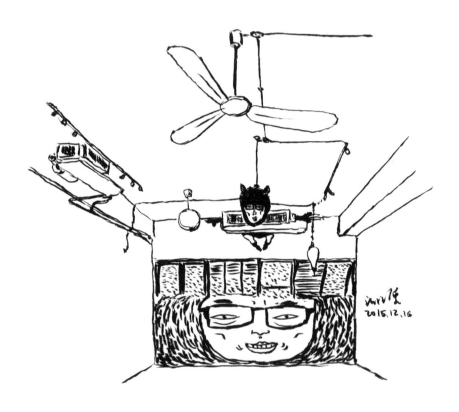

一見鍾情的風景裡頭一定有個一見鍾情的人⋯⋯的味道，我猜。

家具人間

———

　　家具跟咱們的關係可比家人一般，有時候甚至比家人更為親密。你高興時他抱著你一起歡愉，難過時他讓你壓在身上大吐苦水甚或挨你個兩拳也不哼半聲。愛人率性離開你時，只有屬於你的家具仍會與你相守，當然我也聽說過要離開的那個人竟要求帶走當初帶來的家具，這時還真是讓留下來的那個人不知如何難過是好了。

　　彷彿人們在家具上種了一個靈魂，隨著人的身體與物的身體之間日日偎依相互歸屬，就長出了另一個自己，印在上頭那自己的身形，染在上頭那自己的氣味，還有四下無人時只有它跟你分享了的無數心事。

　　如果有這麼一個世界，家具們都有其生命、個性、情感與

主張，當然也就更可以跟人們纏綿悱惻或者恩怨情愁什麼的，我猜想那個維度裡應該會多出現幾位長得像茱麗葉的椅子跟羅密歐一樣的床吧！

「床」應該是家屋裡最大的家具了。說最大倒不見得取其尺寸，而是這位老兄主宰了人類的三分之一時間，另外那三分之二的打拼也都在為了一個更好的三分之一而努力著，因為大夥兒的基因延續泰半都跟他有關。他是臥房裡的大哥大，四隻腳一攤就是老子地盤，其他人等都得唯命是從，老子今晚心情不錯許你個好眠，明日一早你就是好漢妳就是美人，否則就等著當天亮時的弱雞與熊貓了。

如果說到「椅子」，我首先聯想到國文老師。好像聽人說過一句話：「每個設計師都要有一張屬於自己的單椅。」我很想這麼說：「每個文藝青年都有一位難忘的中學國文老師。」椅子大約就是一位夫子，教我們知書達禮的那張椅子會讓人坐起來從容優雅；領我們進入唐詩宋詞裡強說愁的椅子則讓人聞得到沉香餘韻；至於帶著我們進得三國演義出得水滸群俠領略小說傳奇裡風雅浪漫的英雄美人靠呢，則是把座上的我們都變成徐志摩與陸小曼了。「單椅」可真是最具有文藝性的家具，無怪乎一眾跨界的建築大師都要至少設計

一張單椅留名千秋。

　「書桌」，一個你更想要的自己，也是一個更不想要的你。咱們在書桌閱讀書寫或者工作，乃是為了求知識養氣質與那份向上提升的社會姿態；然而我們也常常因為在書桌打懶發睏耽溺電玩與臉書，看著桌子上無論如何就不想面對的功課作業而悔恨不已，不是想剁掉自己的手要不就是砍掉書桌的腳。這種天人交戰的情節幾乎每天上演。書桌時而如無垢的少女天使、時而又邪惡如魔鬼無賴，其實也反映著一個人面對自己時尷尬糾結的內向世界，不是有人說：「閱讀什麼你就成為什麼。」書桌的情緒亦是如此，當你是什麼妖魔時你的書桌就成為什麼鬼怪了。

　「衣櫃」是忠誠的守密者，出軌男人的哥們、女人的異性閨密。人們想要藏秘密的首選地點時常就是衣櫃，不管是青少年男生私藏的雞排妹寫真集或是中年男人多少會有一張的波多野結衣暗黑光碟，到前男友寫的情書或是上一期剛剛中獎的彩券……好像都會在衣櫃裡找到歸屬的角落。倒也不是這個地方有啥牢不可破的崇高密碼，而是這空間的尺度正好是咱們小時候玩躲貓貓的夢幻藏身地，門一關上就連福爾摩斯也找不到似的漆黑神秘，無形之中就覺得最安全最不易被

識破者非此莫屬了。君不見每齣肥皂劇裡失風的小偷或小王總是先往衣櫃裡躲，而且戲裡的主人也永遠有默契地不會發現，我猜應該是每個人心裡都有一個秘密想要保留給「衣櫃」吧！

　　「男人的髒，大概是由於懶。」梁實秋先生的散文裡寫的男人，大約是一張留之稍嫌無味，棄之又覺可惜的中古家具了！不是我要幫髒男人說話（當然世上仍有不少乾淨得發光的男人），其實這個時候的家具狀態才真正已經牢牢嵌進生活成了日常肌理的一部分。要說大叔的好味道，約莫就是老家具這一味兒了！

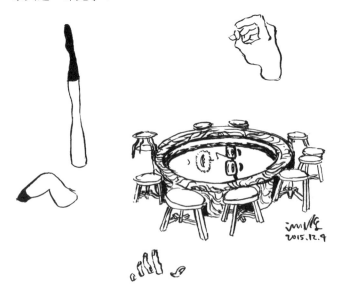

你永遠不知道空間裡一直有枚偷聽秘密的耳朵，也許是桌腳，也許是抽屜把手，也許是那盞不起眼的小夜燈。

你家的玄關

———

　　「玄關」是一位英俊的管家，屬於安東尼·霍普金斯（Anthony Hopkins）在《長日將盡》（*The Remains of the Day*）電影裡那種路數，獨身、潔癖與英式品味。如果妳長得像艾瑪湯普森，他還有可能會用電影裡的矜持模式愛上妳。這就是我那位愛下廚的朋友L男他家的玄關款式，而房子的主人最近也剛好恢復單身。

　　「玄關」到底會有多貼心呢？每天早晨他總是第一個起床，把自己打理乾淨，然後安靜地站在門口，謙虛而自信地帶著溫柔的眼神英挺在鏡子前。當你出門時在牆上小白板給你叮嚀，有時候會貼張7-11送的好運貼紙為你加油。出門該帶的鑰匙、皮夾、悠遊卡跟自己，他都整齊攤開你眼前，最

後你只需對著鏡子一個微笑，他就可以心頭好一整天了。

直到長日將盡，你帶著疲憊的公事包與裝在裡頭的自己回到家門。「玄關」會點一盞療癒光色的小燈，低調地等候在門旁，細心整理你從口袋裡一把掏出的零錢發票跟簽帳單，再騰出一隻手接了公事包跟有時是濕答答的雨傘，默默打理的身影站在斜照進來的夕陽餘暉裡，然後如旋律般的英國腔問候你一句：「主人辛苦了！」

「玄關」有時是博物館，所謂博物就是什麼都可以在此登上殿堂當寶貝，只要是主人高興，管他芭比娃娃控、變形金剛控、翠玉白菜混搭奈良美智壞女孩控或者……或者像俄羅斯娃娃一字擺開的各種材料雕出來的觀音菩薩控控控（因為很驚人所以要說三次）。人們大概打小時候玩家家酒就在心裡盤算，以後當家一定弄個幾大件幾小件代表自己品味的好收藏，端幾個架子擺門口讓自己樂樂，也讓朋友誇誇，或許也能算是兒時口腔期的中年延伸吧，總歸是風雅之事，能圖個賓主盡歡笑聲滿室也算功德一件了！

「玄關」是一座迷宮。我曾經歷過一個最玄的玄關，那房子坐落在山上。房子前面有一棵好大的菩提樹，沿著石板地坪上的樹蔭往前走會進到一個內凹的空間，是個有五坪大的

陽台。牆邊停了腳踏車，一座聖伯納犬之屋以及幾張主人自己做的板凳，木作工具還沒收拾，彷彿隨時可以啟動手作樂活兒。我猜這裡該是玄關吧！念頭才閃過去，主人便領我向裡走。接著進入一條迴廊，拐過一個小庭院，到目前為止還沒見到大房門，但我已經醉在桃花源裡將方向感全拋棄了。我們從小院子的櫻花樹旁邊的大水缸繞了幾個小碎步，然後廳堂就敞開在我眼前了。這才察覺，原來真正的玄關是存而不在的，是空也是有，在室外也在房內，你以為到達目的其實仍在路上，而當你以為離開時其實你一直都還在。我算是讓空間給我上了一堂入世的無有哲學課，過癮！

「玄關」可以只是一個標點符號，也可以是個家門口的副詞子句，再不甘心的話當然也可以把它寫成一首完整的詩。如果開心偶爾讓他當當第一男主角，或者就算不是主打歌，至少也可以是B面第一首吧。

你的玄關像不像你呢？

2015.12.16

經過我吧、經過我吧，直到你終於知道我一直是你離家前與進門後那一刻最溫柔的音，於是讓我成為房子裡的某個目的地。

山山/
尺彡
2015.10.14

樓梯的戲

——

　　樓梯在空間這齣大戲裡的角色變化萬千，小生花旦青衣大花臉，就看出場的前後段子怎麼演，他就能怎麼接；或者你若嫌他吵，悄悄過場在無人察覺的尾韻裡也行。

　　你以為樓梯是為了讓人行走？我倒覺得樓梯是為了讓人停留比較多。人的心往往一直在觀望著想到達的彼岸，而忘了彼岸真正的意義往往一直在當下的腳步上，那份如影隨形的覺察裡，其實藏了最吃重的戲份與最豐饒的台詞。

　　當樓梯只是一個破折號時，或許它的存在只是為了幫樓下解釋樓上的意義，那起碼也是個過場的段子，文武場照樣得要紮紮實實來上一回，你瞧那黃銅敲出來的扶手繞指纖柔如行雲流水，或者腳下讓人蓮步輕移的酒紅色地毯，多麼誠意

十足的標點符號啊！

　　那要是讓樓梯成了主戲可就不饒人了！首先迷倒眾生的是她婀娜多姿的身段，看著她從背脊滑到小腿的那條曲線，你就為了拜倒裙下甘願一生待在樓下都值得。接著是懸在上空那盞燁燁奪目的水晶吊燈，就像千萬隻梅杜莎的眼神開始對你釋放致命的費洛蒙，光是遠遠開始接近她，你的腳步就會不自主變得禮貌起來。然後她垂下雪白的手臂讓你攙扶，那來自義大利礦區的大理石雕出來的扶手，正所謂手如柔荑，膚如凝脂，那種讓你連多一公克的力氣都捨不得放的小心翼翼，踩上只能算是前戲的第一階時，就像剛剛把紅酒杯湊近嘴邊的你就已經有了醉意，接下來每上一階你只想為她吟一行詩，從頭到尾要唱完三首十四行詩才對得起藏在每一階踏轉折之間，名叫莎士比亞的魔鬼。

　　這般萬種風情如女神的樓梯，你怎麼捨得到達樓上。佛不是一天到晚提醒咱們處在當下的重要，這會兒正是參透此話的好道場了。話說回來，當樓梯開始讓人察覺到每個腳步的一屏一息時，它也成就了一個完整清晰的空間定義，人們的停留與行進的情緒賦予了她場所的精神，而她也給了人們一則又一則的生活記憶。隨著上升與下降，那些游移在空間裡

的視點讓這個垂直的小旅行多了些許意料之外的風景，此時要說樓梯是建築裡的一座「子建築」其實也不為過了。

話說我看過最酷的樓梯是一座看不見的樓梯。紐約古根漢美術館（The Solomon R. Guggenheim Museum）裡那一路緩慢如詩的行走過程，牆上的畫把樓層的分界模糊在一次又一次視線的聚焦、失焦、再聚焦，直到看見天光從頂端灑下，將來時路徑繪出一道美麗螺旋時，旅者才恍然察覺已達頂層終點，如同人生還來不及覺知自己長大時便已年華老去！

永遠忘不了《亂世佳人》（*Gone with the Wind*）那部電影裡，郝思嘉倚著樓梯扶手回望白瑞德時，疲憊至極卻又燃著希望說的那句話：「無論如何，明天又會是新的一天。」（After all, tomorrow is another day.）

那場樓上樓下之間的戲，也永遠會有新的劇情吧！

好像好像好像……每部揪心的戲裡都有座很揪心的樓梯。

很有戲的防火巷

———

不能一眼看透情節的戲，通常是最好看的。

城市如果是個舞台，大街大道肯定就是一線主戲了吧，那些高樓大廈或者擠眉弄眼的風騷建築無不在各大縱橫軸線上鑼鼓喧囂爭奇鬥艷。京畿重鎮如博愛特區這般官樣大戲，或者夜夜笙歌如台北東區那種永不落幕的花腔與武戲，更有中山北路那樣風韻永存性感不熄的詠嘆長調，還有悶在被裡仍然騷動文藝的永康街頭與青田步道，買一張門票走進市囂就讓你包下整個文武場過足戲癮，酣暢到底。

可是呀可是，小生我就獨鍾這些躲在男女主角背後，戲台子底下那些不太有人注意，卻總有不乖情節的戲外之戲，日日有小精彩的防火巷是也。

說起這個看似不起眼的行當，我要回憶起多年前剛剛落腳台北這個繁華城市時的小小悸動。那時為了幫自己剛組成的一家三口尋覓住處，一勁兒往巷弄裡的老公寓尋找居心寓所。當時心想雖住不起華廈，總也可以在五樓老公寓覓得一處看到小小天空的核桃家屋。那時的巷弄探險似乎也讓我領略了城市這件大西裝襯裡那些小口袋裡的寧靜美好，最有趣的是，公寓入口的前巷有時正好是街廓裡被稱作後巷的跑龍套空間，說得直白些就是那些尺度略顯羞澀但是又活得生猛的防火巷。

　　說其生猛一點都不為過，我要介紹一個在城市裡野放得最豐饒的花園，就在這些防火巷二樓陽台探出來的盆景植栽，那些枝頭亂竄的九重葛簡直像一個個老少卡門小姐一般，用各自不同的聲部飆唱著花腔女音，誰也不認輸不認老，每個陽台都是絕妙身段，紅花綠葉綠花紅葉的，那種自成一格的園藝美學也像是一場安靜的煙火秀，每次走進巷裡遇見的第一眼華麗往往就是這件掛在二樓的戲服了！

　　如果正巧你具有偵探性格，那絕不可錯過藏在巷子裡那種撲朔迷離的空間表情，你總會感覺裡頭鋪陳著暗自張弛的劇情。也許是一樁懸案，一段迷情，又或者藏著千年咒語，那

些線索會出現在斑駁牆面，也可能是牆上探頭竊笑的瓦斯表。喔不……應該是那一窗一窗各成密碼的鐵窗，有的裡頭藏著玫瑰線條，有的是龜殼紋路，也有象形文字乃至馬雅符號。光是巷子左右這兩排金屬臉譜就足以讓人掉進神秘的蟲洞，忽而摩登忽而古典，一種乍實還虛的時代情境劇。

走在防火巷裡的腳步不需太在乎一定的路線，因為巷子的兩側通常是有邊無界忽大忽小的有機生命體，就像在穿越一條隨時蠕動的腸子。這會兒閃過一張半朽的藤椅，下一步你得繞過一部斜著身子的摩托車，然後小心左邊那間小狗屋，經過右邊探出半截竹竿上晾著的內衣褲時，你別因此感到害羞，因為這個空間擁有一種約定的私密性與欲言又止但絕不逾矩的公共性。領略這種空間當如讀詩，你在隱喻的屋簷下低頭走過時可能會遇到冷氣機落下來的水滴韻腳，以為四下無人正想脫口抱怨時，會聽見身旁鐵窗後的臥房裡傳來男歡女愛的如歌行板，這些絕妙好戲怎是市街裡大明大白的俗套老調可堪比擬。

想要嚐嚐城市的原汁原味嗎？歡迎鑽進這一條一條花火四射的歲月胡同。

你怎麼知道第二男主角第三男主角第四第五……其實更有票房，你一直都不知道的……。

妖嬈的城市裡有一條素顏的街

———

　　南港的「中南街」不只是一條街，打從我第一次走進去就這麼覺得，它比較像是一張張拼貼的記憶，記憶來自童年也彷彿來自尚未發生的老年。

　　據街上開店的長輩們說，這兒以前的名字叫做「橫街」，用台語唸它時要帶著上揚的尾音。那是帶了一點點光輝歲月的語後餘韻，每個在地人說完時臉上總掛著上揚的嘴角，顯然我們從其古名更能嗅到城市紋理的氣味，更傳神地回到三四十年前這兒曾經人聲鼎沸的街市光景。然而鼎沸的人聲後來隨著城市生活型態的轉變，逐漸成為一條安靜如空白牛皮紙一般的街道，安靜地留在某個年代裡。

　　前一陣子我有機會參與了台北設計之都的活動，為這條街

上幾間老店面設計小招牌，藉這個機會期許自己為老街上的老步伐加進一點小變奏。這種城市裡的小小賀爾蒙，雖然不及大興土木的偉岸地標那樣迷倒眾生，但只要能讓路人們在經過店面時起了微微來電感，或許走一次街道就可以是一次小戀愛了吧！

　　一開始我就希望在這條老街道裡藏進幾個童話故事，讓經過的人看到這幾面小招牌時，像是發現故事線索一般的興奮，每個人都用小孩子的眼睛重新看老街道，重新體驗都市空間裡蘊含的老味道。

　　首先來到一間老書店，曾經在這條老街道風光過的書店，隨著都市發展重心的轉移與商業模式的改變，曾經如酷斯拉一般的威猛風華已經褪去光環，店裡的空氣略顯老態。於是我為它設計了一個以「回春」為概念的「說書小恐龍」。提醒路過的人們，在閱讀的世界裡想像力無遠弗屆，書店裡的時光永遠年輕。

　　書店老闆是一位乍看之下不苟言笑的老仕紳，但是內心卻對這條老街道懷著滿滿溫熱的期許。在跟老闆提這個小恐龍方案前我其實有點忐忑，我怕長輩們不能接受我的天真想法；但是後來提案結果卻出乎意料的圓滿，被我引出童心的

老闆還提醒我恐龍要可愛一點喔！

小恐龍招牌被裝上房子外牆那日是個大晴天，我從老闆柔軟童真的眼神裡讀到了一些萌萌的訊號，猜想自己應該是做對了！

再來是踢踏舞小學校，一間熱情十足卻又極其低調的舞蹈教室。店主人是一位充滿活力並且富有理想的踢踏舞老師，從紐約帶了一身好舞技的她希望為台灣灑下好的種子，開成一片美好的踢踏舞花園。我的靈感來源是古典音樂裡的「彼得與狼」，跳踢踏舞蹈的快樂心情讓粉紅少年郎躍上了騎樓天花板，而且輕盈地倒掛在屋樑上，讓街道也粉紅了起來。

在討論踢踏舞小學校時，店主人為了讓我更能進入狀況，很熱心拿了一隻踢踏舞專門舞蹈鞋讓我端詳，那是我第一次那麼近距離且專注地觀賞鞋子，讓我對於這個再日常不過的物件有了新的閱讀角度。對於建築設計者而言，是一次很難得的收穫。

最後走到很有時間感的一間雜糧行，店主人說早期這家店以賣米為主，因此附近人們都管這家店叫「米店」。我的靈感很卡通，心想這個世界上最愛吃米的應該是米蟲吧，因此我設計了一隻身型像一粒米的米蟲超人，心想這位哥兒們肯

定可以勝任最有說服力的代言人。爬上房子外牆的米蟲超人正在大聲告訴路過的人：「多吃米飯，頭好壯壯！」

米店的提案過程也是充滿冒險性，哪位賣米的老闆會想讓米蟲來當招牌呀！可是提案結果店主人竟出奇地喜愛，可見蟲蟲世界裡也有正義的力量，給人類世界帶來歡樂與希望！

第二代的米店主人懷念小時候的美好情感，願意捨棄現在的店名，希望小招牌採用老鄰居們早時對這間店的親切稱號「米店」，這件事情讓我感動萬分，也因為這個提議讓我當下就產生畫面，腦袋裡靈感立現，「米店」讓我與蟲蟲有了一次跨物種的友誼。

謝謝這條街道，讓我又青春了一次，好喜歡跟素顏的城市談戀愛。

素顏與否，妖嬈或不，你的肉食性指數跟城市的嗜血性指數
何時可以握手言和，何時可以把長板凳放回騎樓上……。

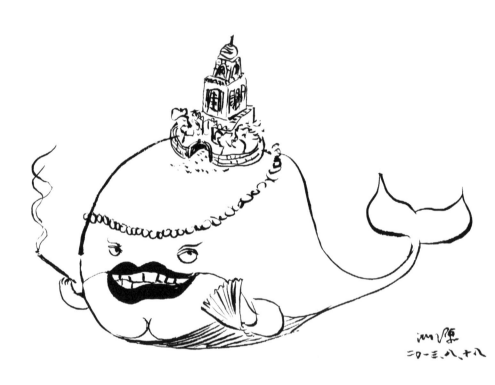

獨立書店

　　她們像一朵一朵在野地裡盛開的花，帶著孤傲的姿態各自美麗著。

　　這幾年常常聽到「獨立書店」這四個很西蒙・波娃（Simone de Beaavoir）的字，書店在以前那個閱讀還沒成為時尚行為之前的年代便是獨立存在的，存在每個鄉鎮、每個城市的街頭，乃至於舊時中華商場人行道上的書報攤，也算是一朵獨立的山茶花。

　　如果還要算上旁系親屬的話，那絕不能遺漏許多委身巷尾的漫畫出租店，某種程度上她們也算具備反骨精神，堅持在體制教育與正規知識載體之外保留一塊不被統治的樂土，為了一群少年與更多群老了之後的少年。那種不亞於追韓劇的

死嗑精神我也有過，看著漫畫出租店開放書架上一字排開的各路好漢，我的眼睛每次都會緊盯那些流水數字，從第一集開始緊守情節，忠貞不二地跟著故事一起長大，就算被歸類為宅男也不改其志。

另外一宗親密的支系是二手書店，這朵花早時曾在牯嶺街頭與光華商場裡如隱士般綻放著，現在城市裡的二手書店不僅有著花朵一般芬芳的店名字，而且空間不再陰翳幽微，不會要你非得在慘白日光燈下才能感受書冊的回春，讓人有點像是在逛書本病房似的。現在的二手書店可是徹底改寫了「二手」這兩個字的定義，像是電影《長日將盡》裡優雅如紳士的老管家，讓每一雙觸及扉頁的手都願意留下溫度，也嚮往與前一抹或許褪色的油墨與頁面折角之間，為愛朗讀。

認真要說書店的獨立性，也許每個人所求各有不同。有人覺得要在裡頭嗅得文青味才算數，有人覺得裡面的裝潢太摩登者則過於媚俗而顯得不夠獨立，有人堅持裡頭一定要聞得到咖啡香氣，而且是手沖限定。有人愛著牆上那一面美麗的彩虹旗幟，一種堅強伴侶的獨立精神。有人在書店裡尋找這個島嶼的生命源頭，溫柔如母親的子宮。有人獨鍾《革命前夕的摩托車日記》（*The Motorcycle Diaries*），對著世故的

184

城市高喊：「給我切・格瓦拉，其餘免談。」沒有打落門牙和血吞的頑固主張書店就不夠獨立似的。我倒覺得先不管書店何以為獨立，光是種種各異其趣的認知觀點所帶來的生猛力道就充滿獨立感了。

有一間位在地下室的獨立書店讓我印象深刻，是一間堅持非主流的漫畫書店。這裡的書本不分級，因為全部都是限制級！限制的資格不是年齡也非關情色，而是框架。如果你帶著既有的認知與判斷看待漫畫這件事而在此感到頭暈不適，他們會很樂於你好好待在地面上那個太平世界，可別輕易來到這個地底秘境。正因這一層可愛的限制級，讓老闆可以叫出每個客人的名字，知道你要喝的飲料甜度多少，告訴你上次帶回家那些書的作者最近有了驚世新作。店裡人很少，少到老闆可以悄悄播放起你鍾愛的音樂，在那一刻裡讓店裡的客人都分享你的獨特。你的領土裡，店裡的一切可以只為你要的美麗而綻放著。

我要的獨立書店很簡單，就是可以把你當成一個獨立的愛書人，不再是你存在空間裡，而是空間因你存在而存在著。

獨立與否從來都很難定義，但這是一個重要的課題，值得用一生去追問，而且答案往往一開始就在身邊。

老房子

———

　　去年夏天我一個人去墾丁勘察基地，整整三個艷陽天沒看到喧囂的比基尼，倒是邂逅了預期之外的老房子，安靜如禁語的比丘尼。

　　房子要到多老才會被叫做老房子？這個問題跟男人要到幾歲才可以被稱做大叔一樣沒太大意義。我喜歡從情感濃度來看「老」這件事，看看房子是否熟出了一種韻味，不需要老到古蹟的文化高度，但總會有幾個世代所積累出來的生活年輪，與一次次被修復再回春又老朽的歲月接枝痕跡。許許多多直接觸及體驗者靈魂深處的低吟迴響在「空」與「有」之間，比如老合院、老眷村、又或者某間透天的老店面。這些從人與建築之間蒸餾出來的那杯醇酒，往往老出了一種讓人

望眼欲醉的情感。不需要太刻意去找尋，日常裡稍微靜下心來你就會聽見老房子在春夏秋冬裡的鄉愁四韻，走過她們身邊時會丟把老感情給你，唱和之間你也在回甘自己的人生。

那是一個有合院架構但經過幾代屋主迭增減而長成的房子，很不完整的風格形貌，卻散發著一種很完整的頹圮感。認真說起來這應該算是半個合院，從外觀可以讀到新舊縫合的那幾道軌跡，一個斷代接著一個斷代像成語接龍，雖然看得出來有不同的材料工法，不同的使用需求。但總感覺後語的發辭彷彿也搭了前言的尾韻，老幹就這麼有機地長著新枝，那種生生不息的存在感並沒有因為已經沒有人居住而消失，反倒讓房子當了自己的主人，兀自花開也兀自花謝。

我先被一張荒廢在太陽下的單人沙發吸引了，因為少了一支腳而站出格外瀟灑的姿態，當然也正因那個殘缺而讓原本嬌柔的身軀被放逐到屋外了。隨後我看到沙發背後那道不太白的牆，像是穿了幾十年沒洗的白汗衫，留在牆上的有水漬、有油漬、有龜裂的縫隙，還有縫隙裡竄出來的嫩葉與青苔。於是我退後幾步將周遭一覽，才發現自己走進了一個合院的小廣場，廣場尺度小了一半是因為半個合院曾被切去，蓋成了眼前的水泥平房，那件染灰了的老汗衫就是這間平房

的側臉，像是站在老爺爺旁邊尚稱年輕的大叔。

　　忍不住好奇的我，就從那半個合院最旁邊的房間開始尋幽，雖然沒人居住其內，我還是放輕腳步與呼吸聲，一種很怕吵醒老爺爺似的貼心。微風從木頭窗的縫裡吹來的緩慢像是房子的鼾聲，也像鬆了的弦一般疲軟卻帶著慈祥。空間裡沒有了家具，不過隱約看得出生活的印記，大大小小或深或淺地留在牆面上，像油畫一般層層疊疊地壓著安靜的白，不知不覺裡也就成了一種屬於房間的獨特紋理，於是哪一間是臥房、哪一間又是書房、主從尊卑長幼倫理似乎都聞得出其氣味。此時我暫時將過往書裡讀過的合院空間結構遺忘，用最原始的感官知覺去探尋線索，如同嗅覺靈敏的獵犬在虛虛實實裡也尋寶也玩耍著。

　　我記得後來就一直杵在某一個屋頂缺了瓦片的大房間裡發呆，看著近黃昏的陽光從房子各個意料之外的角落缺口朝著我照過來。這些光線依附在屋裡揚起的微塵上而有了成束成束的身體，有的苗條有的肥滿，各自用不同的舞姿在搔弄這個空間。房子如老僧入定在一旁瞇著眼睛看人間，而我這個誤闖秘境的旅人，倒是一頭栽進了眼前那個從骨子裡老出來卻又在空氣中騷回去的曖昧裡了。

林懷 2014.10.4

「老」是一片濾鏡，透過它看見本然，看見柔軟，看見雖然回不去但總有讓人乍現靈光的啟發，老出味道便是寶。

梁實秋故居

————

　　那是一間很有「既視感」的房子。

　　不只房子，應該說從那一條繞進路口走去的小巷子都有似曾來過的錯覺，或者從輪迴的角度來說那才算是對的感覺吧！好像很多「故」字輩的哥們都帶有一些魔幻氣質，比如「故人」、「故鄉」、「故事」……也似一種長鏡頭現象，把很遠的事物一下子拉近甚而佔滿整個鏡頭時，難免一陣暈眩迷離，一秒掉進了超現實情境裡。

　　第一次來到梁實秋故居是秋天，故居的管家是一位仙人，同樣帶了一點超現實的性格。這位仙人像是一張白底綠格子線條的稿紙，總是精神奕奕的眼神，節奏緩慢的語調，永遠會讓人期待稿紙上的下一行新鮮故事，用鋼筆字跡寫成的那

195

種。她是「小玩子」，年紀不大但靈魂不年輕，個頭不高可是志氣很讓人仰視。

我們從雲和街前一個路口拐進小巷子，時間突然像一杯太濃稠的糙米漿被灑在巷子的石板步道上，每個腳步都黏在空氣裡。經過身旁的圍牆都感覺香香的，牆上斑駁的時間軌跡有糙米的顆粒口感，每個移動都變得緩慢了。

轉進雲和街隨即來到院子的大門口，這個入口份外親切，一眼就看到梁實秋先生戴著跟胡適先生同一款式的老派眼鏡，帶著很文學性的笑容跟我打招呼。

前院不算大，但是氧氣很飽滿，飽得讓我感覺自己的身體飄浮了起來。我推開那扇微微嘎滋作響的格子木頭門，飄進了玄關再沿著小階踏飄進客廳，有點像夏卡爾畫裡體態柔軟如葉的男人。人形葉子降落在木頭地板上，隨後我坐進一張藤製老椅子上，老藤椅的包被裡有種散文般素淨的香氣，我連發呆都感覺文雅。

房子在前幾年經過貼心修繕，許多材質看來雖然年輕但頗有半老風韻，像是聽蔡琴唱著白光的歌，鄧麗君在一旁陪著你沉醉那種感覺。沒有違和，也不刻意用老派品味去討好你的認同，只是妥貼地將當下的生活感放進空氣裡，減了一半

的地心引力剛好夠你氣定神閒。

　　我走進書房，看見書架上擺了一塊手工香皂，上頭貼了張牛皮紙條寫了一句梁先生散文裡摘下來的句子：「男人的髒，大概是由於懶。」鋼筆字跡是帶我來的管家寫下的，她讓那塊手工香皂有了女人的脾氣，我覺得自己回到家裡會把牛皮紙條上頭那句話寫三次。

　　再度回到客廳，我讓身體盤坐在木地板上，敞開在我眼前的是後院，客廳與院子之間有條橫著的走道跟幾扇木頭橫拉門，門扇關閉與開啟之間會微調著院子的比例，一座有邊無界的劇場。這裡有時會聽見尺八的孤寂樂音，有時是唐宋墨客們的談笑聲，有時候又有即興開嗓的吉他與小提琴，此起彼落在室內與戶外流動，一陣一陣地吹過來，好似聞得到紙張上未乾油墨味道的穿堂風一般。我的身體在這裡彷彿讀到了柯比意設計薩伏伊別墅（Villa Savoye）時對後代建築師的幾個提醒，全都跟「自由」有關。這間曾經的日式舊房舍不僅有老年代靈魂還有新時代精神，如同梁先生的散文，與真空管裡慢慢唱出的蔡琴歌聲。

　　離開故居時有個想法，我也希望自己的房子將來可以老成一所故居。

貓走進房子時，　夏目漱石遇見了梁實秋，走進故居本身就
是一篇散文。

2014.10.10

高富帥

———

　　城市裡來了幾位高富帥聚在一起各自迷戀著自己的獨特，彷彿是選美大賽時各自暗地較勁，卻表面上個個風度翩翩，無一不以社會菁英自許。有意思的是，不管你感不感興趣，只要身處在城市裡，你就是評審，是觀眾了。

　　首先上場的是氣宇軒昂但有點年紀的「老帝」，穿了一身手工定製西裝的他，連開口清喉嚨的乾咳聲音都優雅如豎琴。看得出是從風華的年代裡走出來的他，說紐約最輝煌的天際線曾經是由他頂上燁燁生輝的頭冠給定義的。那些聳入雲霄的鋼鐵裝飾藝術，就像是第一位在襯衫上鑲進袖扣的紳士，開創一個新時代的美學時尚。他只做自己，後到者儘管華履再華麗都是追隨者。君不見彼時連電影藝術都搶著讓巨

大金剛爬到他身上，向世界宣告著資本主義萬歲萬萬歲。甭管你吃不吃這道菜，他都算是型男一枚，這是來自紐約的帝國大廈。

　　第二位上場者比較特別，跟老帝來自同一個城市，不過她是一位法國閨女。為了讓形容詞也達到兩性平權，「帥」也可以是女生表達自我的評價尺標。當然了，有時候男性的陰柔特質也同樣值得讓人欣賞與讚美。她是以自由為名的女神，是不老美魔女的典範。女神日夜保護著那個叫做大蘋果的城市，以其不分晝夜的光和愛指引水面上的船隻與陸地上的戀人。而這個城市也以她為精神圖騰，日日夜夜歌頌著有她的美好情歌。女神說自從城裡那兩位個頭最高的雙胞胎被惡作劇倒地不起以後，她就再也快樂不起來了，新世界裡的喧囂太多，她好懷念黑白電視裡的黃金年代。

　　接下來有一位來自北京的混血美男子霸氣走了出來，據說他的父親是個荷蘭人，自然也給了他一個身高過人的基因，可是美男喜歡特立獨行，於是我們就看見這位原本很高的帥哥折了身體彎著腰進場。他是有名的「小央」，雖然是弓了身子，體態照樣俊逸，全身標誌著新時代的城市語彙，不太鳥老城市原本官里官氣的老人味，他老兄根本是來定義新的

城市紋理，彷彿給了北京城一個新的視覺維度。哥兒們不比誰最高，只比誰最潮。只是過於偉岸的品味總要在一開始承受一些不被理解所造成的尷尬，最難為情的，大概是帥哥竟成了大叔大嬸們口中的「大褲襪」了，這就是有名的北京央視大樓。

　　輪到壓軸的第四位出場了，這位陽光型男算是裡頭身高最高的。以高富帥的世界而言算是年輕小夥子，曾經維持了好幾年的世界冠軍，比賽的內容是「卯起來增高大賽」，這個世界為了那個冠軍頭銜讓每個城市都給足了力，有的在帽子上面再戴一頂帽子，有的不顧營養失衡地拼命吃生長激素，好像搶到身高第一名就站上世界頂端了。我們這位城市之光也不負眾望，甫一拔得頭籌就贏得全球的關注，加上他又有一個簡潔響亮的名字「101」，著實佔據了國際媒體不少版面。最讓人沸騰的當然是每年跨年時在他身上的華麗煙火大秀，而且很妙的是那一場又一場的秀，也在比著一年似乎要比一年時間更長，這種「高」與「長」的尺度競技實在是人們永遠玩不膩的嘉年華啊！

　　當年上帝擔心傲慢的人類會坐大危及天庭，於是讓「巴別塔」（Tower of Babel）功敗垂成，從而讓世界產生各自不

同的語言以形成人類的隔閡。不曉得當祂看到現在的高富帥
們個個操著流利的網路語言毫無阻礙地聊著臉書八卦時,老
人家會不會略帶惆悵地啞然失笑了!

2015.12.3

後來我們知道了，高的不一定富，富的不一定帥，打包帶走的永遠要少一樣，世界才能一直保持和平。

空氣人形

　　不是要討論宅男最愛的充氣娃娃，偶爾宅宅的我想談的是佔據在熟悉空氣裡的那一份存在感。

　　這幾年也不知道是不是年近知天命，總感覺每回到遠地出差投宿旅店時會被一種孤寂感突襲。說是「突襲」其實不假，那種孤寂感不僅來得突然，而且完全不懂禮貌地闖入我周邊的空氣裡。從鼻孔嘴巴鑽進身體再從皮膚毛細孔竄出來，團團將我包圍。就好像一個沒敲門就闖進浴室的人，在你全身泡沫的滑溜狀態下將你輕易擄走，一種近乎直接陷落地心的幽閉恐懼。

　　躺在旅店房間的床上時，我的頭找不到安放之處，枕頭上始終欠一個感覺，缺席的似乎是一個空氣的模型，以我的頭

型作成的。那是一種占據感，也算是一種熟悉的空間感吧。日常圍繞在我們身邊的器物與家具，從枕頭、棉被、到沙發、書桌，每一個物件都在生活中與被使用中讓我們賦予了定義，也參與了我們的生命。那裡頭有記憶、習性、氣味與情感，最終形成了一種依賴。你賴著它們感到安穩，它們也依著你有了被保存的價值。「物性」與「人性」在這裡產生了共生與交融，豈不妙哉。

再把場景拉到旅店的浴室裡，我站在洗臉台的大鏡子前尋找一張熟悉的臉，為的是讓我的牙刷與毛巾可以有個座標以供依循。許許多多日常積累的本能動作，在這個時候都被拆解成一道一道的清潔保養順序。我成為一個他者在為自己的臉孔打理晨起瑣事，為他梳洗、為他刮鬍、幫他著衣穿鞋、囑他外出小心。起先我以為那種個體分離感可能是來自物件的陌生，比如牙刷漱口杯、比如棉被彈簧墊、比如超大落地窗與弧形天花板……這些屬於飯店排場的生活物件給我的生疏感。後來我漸漸察覺孤寂感的真正原因不是物件，而是那份物與人之間親密關係的缺席所造成的。那個缺席者被留在我們的家屋裡，他是一個長得與你一模一樣的虛空身體，占據在空氣裡也讓空氣占據著他的身體。他是你身體的完美鏡

208

像，簡單說就是依你而生的空氣人形。

　　當我們在熟悉的家屋裡活動時，你的空氣人形隨時在屋裡各個角落待命，你吃飯時有最開胃的姿態陪你，工作時他會領著你的手找到最熟悉的筆，觸摸到最舒坦的紙張，從而畫出一篇又一篇的靈光乍現。這位如影隨形的哥們（或者姐妹們）比家人還家人，那種衍生出來的親密關係比 soulmate 更加 soulmate，可是偏偏人家不喜歡旅行。

　　旅人注定孤獨。不純然是因為他方的陌生，而是為了那個沒能打包進行李的空氣人形。無論旅程多麼有趣、旅店如何華麗；又無論你是孤鳥單飛、或者有伴隨行，當那種身體與異鄉物件接觸剎那產生的孤寂，一種難以招架的突襲與不可言說的細微殘缺感，在許多熟悉的生活動作裡將你俘虜，在入睡前起床後的三秒鐘朝你的毛孔知覺裡輕輕咬上一口。不痛，但會在心頭留下小小紅斑。我估計是你的身體想起了，此刻正賴在家屋空氣裡的那個你。

2015.8.20

有一種東西一直都在也一直都沒存在，那玩意兒就叫做「日常」，他很謙虛，但你就是擺脫不了來自他的那種細微但密不透氣的操控，比 soulmate 還 soulmate，比愛情更加愛情。

記　憶

M　e　m　o
r　y

老客廳的牆面

——

　　喜歡老物，特別是從我開始變成老物之後更加無法自拔。

　　老物有種獨特的魅力，來自其無始亦無終的線條感，輪廓之外還有輪廓。每回畫老物，我總會躊躇著該從哪一筆下手。如果每一筆線條都代表一個故事，往往在動筆之前，就讓人掉進層層疊疊的劇情中神馳半晌了。

　　記憶中第一個老物，是個掛鐘。因為是母親的嫁妝，所以在我童年時它已如同家人一般存在我生活裡了。自有記憶開始就見它慈祥地安靜在客廳牆上，牆面其餘的空白處貼滿了獎狀。小時了了的我，每拿一張獎狀就急著把它背面塗滿漿糊，牢牢貼在牆面上，深怕慢了一步，就會像過期的愛國獎券一樣不稀罕了。誰知又過了兩個十年，這些變成老物的獎

215

狀也只能因為房子改建，隨著老瓦老樑老磚頭與一屋子老空氣一起湮滅而無人聞問了。老物這概念還真像是廟口擺龍門陣的情緒，總能一個牽出另一個，再揪出另外三、四、五、六個一起慢慢變老的生活物件，一旦起了毛線頭，就這麼滾呀滾得滾出一片回憶的大毯子。

　　小時候，老掛鐘總給我一種期待感，每半個月可以為它上一次發條，那件事總讓我覺得自己像是喚醒睡美人的王子。一回又一回，童話像是被不斷傳述著，女孩總是醒了又睡著，再被叫醒然後又睡去。而當年我這個小屁孩，也享受著半個月一次的王子夢。

　　到了正要上國中時，我的叔叔娶新娘了，進門的嬸嬸為我們那個三代同堂的小客廳帶來了一件新鮮的嫁妝，不偏不倚正是另一座掛鐘，可這回是一座布穀鳥咕咕鐘。那玩意兒簡直讓我對於牆面的想像添加了好多個維度，小小腦袋裡的人類文明從猿猴進入了直立人的紀元。我心甘情願地在獎狀牆上讓出一塊尊敬的領土，就為了每個整點看那隻守時的布穀鳥，神奇地從鐘樓小房子裡探出來接受我的崇拜。無奈的是，這位害羞的黃花大閨女不到整點是怎麼也不肯露臉。

　　此後，我家這個小客廳開始每個鐘頭聽見了噹噹與咕咕的

協奏曲。自從有了咕咕鳥聲我才開始認識老掛鐘獨特的嗓音是那樣優雅如慢板的歌，原本的第一男主角雖然被換成了男主角的父親角色，人家還是不疾不徐地唱好老生的戲，不走音、不忘詞，只在每半個月該上發條之際會偶有脫拍，可是仍不失其老史恩康納萊般的紳士本色。

我對於客廳空間的最初概念，就這麼被時間的刻度建構了起來。兩座掛鐘與一整牆面怎麼也撕不下來的發黃獎狀，每個整點都是一次節慶，左邊夜曲搭著右邊的小步舞曲，我的小學時代在中間佈成了滿天星斗，記憶著書法比賽、畫畫比賽、還有拔河比賽、吃蛤蟆比賽、學猴子叫比賽、迷路比賽……跟永遠玩不膩的吹牛比賽。

這下該告訴你關於那一整面牆上獎狀的秘密了，沒錯！全部都是那個愛做白日夢的小屁孩畫出來的啦！

湘江原
2015.6.14

歲月的容顏往往是牆面最美麗的壁紙，是由牆壁身體裡長出來的風景，風景裡的物件又會成為另一個微風景，一層一層把我們拉進深邃的記憶裡。

天井

——

　「天井」是房子朝著天空看的眼睛，這是我很小的時候就發現的事情。

　小時候的家，是在一間小鎮街道的長屋裡，我在這裡不僅積累兒時記憶，也在心裡建構起對於家屋最初的原型。那個房子很長，很像一段要花一整個下午才說得完的長軸故事。當時天真的我，曾以為所有的「家」都是裡面有一條長長路徑，串起很多個昏暗的房間跟中間那個睜大眼睛看著天空的天井。那種空間經驗截然不同於國語課本上寫的：「我家門前有小河，後面有山坡。」每次月考出現類似的題目，我總是答得心虛，寫的全是不存在的家。一直到後來讀中學離開家鄉進了城市，才知道大部分的人小時候並不住在小河與山

坡之間，比較是應對進退在街道與窄巷之間，而那些原生家庭的居住形式也深深影響著每個人的生命長河。

回到我記憶裡那間長長的家，裡頭有個微光聚集的地方，正好就在屋內長巷的中間。在此之前，進屋的節奏是從市街馬路拐進深簷騎樓下，在這裡或許圖個涼快、或許躲著一場午後大雨。接著進到白天敞開著大門的五金店舖，店裡空間從天花板掛滿的橡膠皮帶到兩側一格一格的大小零件櫃，再從牆面漫出來的貨品雜物，十來坪的天地裡除了給人走路跟結帳，無一空白。店面之後是一條幾乎全然暗黑的窄仄，大約十步的暗裡晃悠就來到天井旁邊的神明廳了。圍繞著天井的依序是飯廳、浴室與一間臥房，這是長屋裡唯一開了窗戶的臥房。

我總愛在神明廳裡寫功課，不僅是因為可以讓天井染上一身的微光，我更喜歡看著屋簷投下來的影子，沿著水泥牆上的攀藤慢慢爬上屋頂，最後整個吞沒了這個眼睛，也把我的想像吃進黃昏的肚子裡，讓我一邊寫功課還能一邊探險。

喜愛下雨天也是因為這個天井，只要一下雨，雨滴總能像節拍器由慢漸快地從天井傳進神明廳，然後我會拿臉盆水桶放在屋簷下接雨，雨水打在鉛桶上聲音格外清脆，那種聲音

像一張厚厚的棉被蓋在我的四周，說不出的安全感。我蹲在屋簷下細數著雨滴跟漣漪，讓水花跳上我的腳丫，然後再仰著臉陪著天井一起看天空，水珠子滾在臉上也彈到腳丫上。現在回想當時那個蹲在屋簷下的小男童，彷彿還會聽到蝈蝈！蝈蝈！的青蛙叫聲。也許當年的我，對於井底之蛙不為人知的詩情畫意已能領略一二吧！

夜晚的天井是個沉默的中年男人，他讓自己消失在涼涼的空氣裡，只留臥房小夜燈的光從細長窗口暈出去，染在水泥牆上的微光遇見窗簾布上透出的花紋影子，這時成了男女主角的光跟影會跳起舞來，跟著空氣朝著夜空飄浮上去，好像竊竊私語正密謀著要往月亮的方向私奔，幸虧小男童夜裡起床尿尿，摸著半黑的屋牆，一傢伙將天井旁廁所的燈啟個大亮白，才讓剛剛不安分的情人又回到寂靜裡。

我一直沒有機會住在小河與山坡之間的仙境裡，不過那個兒時的小天井倒是被我細心地收進了心底，陪著我一路上的歲月靜好。

2015.12.4

緩慢的天空與含蓄的日光，偶爾一場調皮的雨，我要的不多，一口天井就足夠了。

我愛雜貨舖

———

　　大概每個像我一樣初老凡人的記憶裡，都會有幾間難忘的雜貨舖吧！

　　雜貨舖的迷人老調子，大概是從你說出「雜、貨、舖」這幾個字就開始了，是從靈魂裡老出來的。那種靈魂是一種膏狀的物質，而老舖子的身體往往看似紮實，其實毛細孔多如繁星；每個孔隙背後都是直達歲月最深處的心底，只需伸手一擠，靈魂便會化成鄉愁溢得到處都是。

　　別看這城市到處都是閃閃亮麗少不更事的大道與樓房，再怎麼穿戴摩登的街廓，總會藏個幾件老身影在街巷轉角，或者說不準就是某個都更計畫區的釘子戶。在看似索然無味的日常，也許是某個善感的秋天傍晚，你剛剛結束外頭疲累的

227

會議，軟趴趴地返回辦公室的路上，橙黃色的西曬正好落在騎樓外的帆布頂篷，還掉了一些小碎光在腳下的灰綠色磨石子地板上。就這麼一個 LOMO 到了要出汁的鏡頭裡，我保證你會被眼前那層讓老靈魂濃濃黏黏地包覆的老皮殼給吸住，然後惹得你文青指數爆了錶。

記憶裡收藏的雜貨舖樣式難免四五不等，但總不脫一種加齡老氣味，我猜是來自同一種屬於老店舖特有的賀爾蒙。那種氣味遠遠就會把你攫住，然後像一件厚棉被似的把你包入襁褓。我自己也收了幾件，一段時間就拿出來曬曬太陽，打打灰塵。

小時候我住在小鎮的街上，向左走向右走五十公尺各有一間雜貨舖。

左手邊那間我們叫它「打鐵店」，可能是因為老闆會一些金工技術，有啥銅鐵銀錫各種雜症，鄰居們都找他修整。打鐵仔雜貨舖子的騎樓永遠堆了一地待修的器物，挺像是一群斷臂殘肢的老式機器人，正等著師傅的回春巧手，把他們一個個變成愛麗絲夢境裡的錫人。我特愛這間舖子，阿公跟阿爸每天都會叫我來這裡買長壽菸跟米酒，一直以來我就把它當成一位會變魔術的歐吉桑記憶著。

右手邊那間舖子的名字就叫「柑仔店」，除了柑仔之外啥都有賣。印象中這間店打理得非常整齊，那些縱橫陳列的櫃子層層疊疊有高有低，像一位好教養的婦女頭上的髮髻，永遠梳理得宜且清爽有禮。店主人也是這麼一位溫暖的婆婆，不管要買什麼，她總能輕易從某個櫃子不偏不倚拿出你要的。我最愛看她秤米、秤麵、秤綠豆，那個動作讓人看了好放心，好像有了那座秤天下就不會有紛爭，小鎮永遠和平，雜貨鋪就是會給人一種安定的力量。阿嬤跟阿母每天都會叫我來這家店買鹽、買醋、買醬油，這裡買到的都是溫柔的母愛，提著紙袋裡的乾貨回家總能被摸摸臉摸摸頭，這是我永遠難忘的練習，練習自己過馬路、練習買東西要記得找錢說謝謝、練習把這些如膏狀的風景裝進小腦袋裡，慢慢陳年。

　　後來有一年的大地震把小鎮裡好多平房搖倒了，那兩間磚造的雜貨鋪也一起被搖進了天使的名單裡。現在的我腦筋再怎麼靈光，總也會在那向左走向右走的五十公尺內迷路幾次，然後會好想被摸摸臉、摸摸頭，好想重新練習那些小時候的練習。

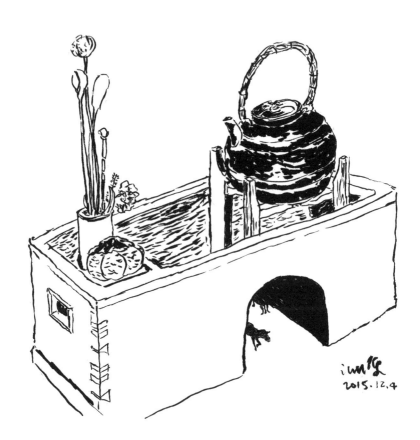

2015.12.4

什麼都有，什麼都賣，什麼都不奇怪，雜貨舖裡的古早智慧永遠不會退流行。

傳統市場

——

每一個關於空間的記憶，似乎都會繫著對某個人的想念。

在昔日那個三代同堂的大家庭裡，我是家族裡的長孫。最內向也最溫柔（母親最近告訴我的），阿公喜歡叫我畫他種的蘭花，我除了畫一朵在紙上跟他領賞一顆糖果，也會畫在走道牆壁上餵食那一群我畫的魚。奶奶最喜歡帶我上市場，那個尚未有超商的年代，傳統市場就是鎮上特有的當代時尚，舉凡最火的食材、最紅的衣裝或是最夯的八卦，都在這裡頭日日新鮮上架。

小時候的我愛逛市場勝於兒童遊戲場，市場裡處處新鮮有料，愛看菜攤肉販、愛看漁貨、愛水果堆成的高塔。最奇幻的莫過於市場攤位的主人，個個簡直「相由攤生」，看攤子

賣著什麼，攤子後頭就會對應著另一個什麼。比如妖嬌美麗的賣菜阿姨，她的小捲髮就像擺在最下方那一籃花椰菜，紫色的。長長的下巴還凹了一個很有個性的小裂痕，那是剛採下來的白蘿蔔。有時候會帶著正在讀國中的女兒一起來幫忙，女兒的頭髮天生自然捲可是喜歡綁辮子，那是我最愛吃的茴香。隔壁攤子是帥氣的豬肉伯，臉蛋長得很像發胖版的史艷文，但手臂上的肉一輪一輪的像蹄膀，偶爾會掛上一條像筍絲一樣細長的毛巾，上臂有個大大的刺青，我總覺得看起來貌似「優良」二字。對面的魚叔叔是個好脾氣的年輕人，他喜歡把魚兒們按著身材大小排列整齊，而且還按照顏色的深淺依序安放，看他的攤子像在看一幅畫，每次都讓我駐足良久。魚叔叔體型高大，肚子圓圓的，圓圓的頭壓在身體上幾乎看不到脖子，每次看他說話時腮幫子一鼓一鼓的，就覺得一不留神他會像大肚魚一樣游走了。

再往前繼續走會看到南北乾貨攤子，老闆臉上一顆一顆的青春痘是五穀雜糧，他喜歡在腰帶上掛著一串一串鑰匙，就像他攤子前方那一串串的香料。南北貨的對面是個水果攤，我一直很納悶為何那位豐滿的水果阿姨總愛把香瓜藏在上衣裡？後來我問了大人這個問題還被巴了頭，那個愛吃水果的

少年有著甜甜的苦澀。

　　逛市場這一路上，奶奶總是牽著我的手，還能提上好多剛買來的東西，有時候我會幫忙提菜籃子，我喜歡將菜籃子蓋著頭，透過那交織的鐵絲網格子看著身旁一攤一攤的風景。覺得攤子上那些擺放物品的貨架好像火車月台，月台上的魚肉果菜每天在這裡像旅客一般分分合合著，它們在月台上待得安穩，離開時也安穩。我當時身高正好可以跟這些食材旅客們平視對望，總會從裡頭看到一些擠眉弄眼的表情，食材們是我的玩伴，市場屋頂好高好高，奶奶也好高，牽著我的手好大好溫暖。

　　奶奶老了之後耳朵聽不見，腳也不方便走路，但仍愛帶我逛市場。經過一次大地震後的市場重新改建，裡頭攤位的排列變整齊了，架上的東西似乎也少了記憶中的擠眉弄眼。挺像是以前隨著需求長成的有機聚落，如今變成了一排一排精神抖擻的社會住宅，小鎮的「轉大人」有時候是不講節氣、不按經絡的。市場的空間感讓我逛起來有些陌生，現在還認得的一點點蛛絲馬跡都是在攤位第二代主人的身上，那些長得仍跟他們架上食材有點神似的表情與姿態，以及一份濃濃的人情，像天堂上的奶奶身上淡淡的花露水香味。

2015.12.4

傳統市場裡最美的風景真的就是「人」，還有那份在問候聲裡完成交易的常民人情。

公園

————

　　那大約是我對於公共空間最初的認識吧！

　　童年在小鎮的街上長大，記得鎮上只有兩個公園，大的叫做「中山公園」、小的我們都叫它「三角公園」。在台灣很長的一段年月裡，每個小鎮似乎都有這兩個公園，這種近乎集體記憶型的公共空間，總帶了點憨傻的威權性格，把人們童年的某部分錨固在一塊兒，連同那尊不可缺席的銅像與「天下為公」四個燙金大國字。

　　一直覺得公園「公共性」的概念，總讓我感到既興奮又緊張，我想可能是因為「去公園」這件事情對於當年小鎮上的孩子而言，著實是一件帶點儀式性的慶典吧！相對於日常嬉鬧的場所，公園與我家確實是有一段距離，我們平常遊戲的

239

地點大多是放學後的小學操場、附近的孔子廟、街屋前面的大騎樓。這些地方在我心中從不具有所謂的「公共性」，因為太接近日常的生活節奏與尺度感，一種像是用身體翻出來的模子一般的熟悉度。如果我是一隻狗，我猜這幾個地方大約都被我用尿尿做記號並且畫為地盤了。唯有公園這個公共空間我不敢隨便撒野，「公共」這兩個字對於那個成長於「保密防諜，人人有責」年代的小鎮男孩而言，就像一位長得很嚴肅的大人，臉是方的，身體跟屁股也都長得方方的，不太喜歡笑，但是似乎很有學問的樣子。

我們小孩子只有在月考結束後的星期日，大人又剛好有空時，才有機會去較大的那個「中山公園」。與其說是玩，不如說是去參加一件名叫「玩」的事情。平常都是穿拖鞋四處野的屁孩們這天會換上「中國強」布鞋。然後穿上學校制服，因為當年除了制服就只有那種叫做「藍令古」的白色汗衫，阿母說穿汗衫去公園不體面，所以「體面」二字也是我小腦袋瓜裡屬於「公共性」的一部分。

公園裡有我們覺得最先進的遊具，彩色的盪鞦韆跟比較高的爬竿，這裡的草地好大，但是大人總說不可以踩進去，我猜也是為了體面。這裡還有沙坑、好高的溜滑梯、好長的石

板步道、好厲害的噴水池，反正這裡是旗艦級的遊戲場，每個道具都比較厲害。

這裡還有水泥做成的八角涼亭，涼亭的屋頂是橘紅色的琉璃瓦，涼亭四周的磨石子欄杆也是做成八角形的短柱子，我猜八角形應該是一種很體面的形狀吧。再旁邊一點有一棵巨大的榕樹，據說日據時代就在那兒了，小男生的我在它身上的樹洞裡藏了好多秘密跟困惑，那些困惑直到中年的我回去探視時，仍然妥妥地藏在裡頭。

公園裡有一棟老建築物，是鎮上唯一的圖書館，也就是那個臉方方有點嚴肅但很有學問的大巨人。我還記得裡頭的管理員阿姨確實就是長這個樣子，但是阿姨嚴肅外表的背後其實很溫柔，我曾經填寫一張借書單被她唸我字體潦草，事後她拿出一本自己手寫的小冊子要我拿回家臨摹，然後就變成我寫國字的啟蒙老師了，這位阿姨就像小時候那一本黃色外皮的國語字典，那個四四方方的模樣與她那敦厚的口音，也成為我日後記憶裡所有國文老師的原型，因為似乎每一位國文老師都長得很像，很像一個四平八穩的國字。

每個公共場所都有一張屬於某段歲月的時代容顏，而且也用了不一樣的面貌跟脾氣嵌進了每一代大人小孩的記憶裡。

這些容顏裡留下了許多成長的線索，關於遊戲這件事，也關於場所公共性的許多學習。

2015.12.4

公園好大，大到可以在裡頭放進我的十個童年；公園好小，小到可以放進我的上衣口袋裡，成年之後一直帶在身上，讓身在異地的我仍能聞到家鄉的綠草味。

2016.2.22

戲台下的人間

———

　　還記得小時候我老家附近時常會有野台歌仔戲，地點就在小學側門外面的馬路上。戲台的左邊是孔子廟，右邊是我最愛的那間校外福利社。當時的小鎮除了廟埕有廣場可供慶典演出之外，最常見的就是在車子較少的馬路一側，野台搭起就會出現一街巷的戲迷跟板凳，十足生猛的文創精神。

　　剛上小學的我，其實看不太懂歌仔戲裡的愛恨糾葛，戲台上除了大人們百看不厭的劇碼外，有時候也會上演沒有劇情的戲，只見幾位仙人分兩排站著，旁邊的文武場自顧震天嘎響。後來我聽了長輩們說才知道，那些無劇情的劇碼是在進行謝神的儀式。雖說年幼的我尚未理解戲劇裡的文藝風情，但那些布幕裡外的瑰麗圖案跟主角們臉上的詭異濃妝每每都

讓我好奇不已，回到家裡照例將這些仙人們的臉孔與武打身段用蠟筆畫在牆壁上，照著我的私家劇本再戰一番。

　　吸引我的除了戲台上那飛天遁地與送往迎來的熱鬧氣氛，就是戲台下方那個神秘的世界了。在那個不那麼講求速成的年代裡，戲台的結構仍以木頭為主，再搭配一些粗大的竹子做為輔助結構以及佈景的支架。不同於現在的野外舞台大多以輕鋼架結構來搭建，很多元件都模組化，組裝及拆卸效率提高很多，但總覺得少了點手作的工藝感，少了傳統野台那種不帶科技光澤，但其溫潤的紋理卻能在觀眾心裡產生暖暖微光。

　　小屁孩的個兒小，我總能順利鑽進舞台下方，毋須彎腰便能任意在木頭巷裡自由穿梭。說是自由倒也不盡然，得要避著大人的耳目探險。個性有些害羞的我，喜歡悄悄提著腳步靠近後台，躲在夾板後方偷看演員們化妝，看著那些跟香蕉一樣白、比番茄還要紅的大臉蛋是怎麼畫出來的。除了看人，還能看到好多兵器，刀槍劍戟斧鉞鉤叉一字排開，好不威風！這個排場我在城隍廟裡的牛頭馬面身旁也可以見得到，但此刻看到那神仙兵器擺在人間雜物旁的親切模樣，總讓我倍感窩心。我總是吵著父母也幫我買一套，求玩具若渴

的心情就類似現在的小男生個個都想要一尊鋼鐵人，好讓他們維護世界和平。

　　後來有天我又在舞台下方找樂子時，不期遇到剛轉來班上的女同學。個子比我高些，瘦長的身材跟細長的手腳，頭髮綁了史艷文的馬尾，看上去像極了放大版的布袋戲偶。在歌仔戲的舞台底部遇到這樣的戲裡人物，既是超現實也好似沒有違和感。女版史艷文跟我說她是來找大人的，台上那位穆桂英就是她母親。女同學於是帶著我大方走進後台，聽著她跟裡頭的武生叔叔與花旦姑姑們一一打過招呼，我才知道原來這群仙人是一家人，一個能穿越古今的神仙家族，真是好讓我這個凡間小孩羨慕不已。我近看著那些厲害的兵器並一一點閱，同時也在心裡幫它們進行改裝，有的加上雷達、有的配備飛行器跟死光鎗。這裡是我的武裝部隊，專門拯救被太多功課綁架的小孩子，光是這麼幻想著，就會感覺到一陣得意的風吹過我略略皺起但尾端微微上揚的眉毛，可能當年那個屁孩已經明白「能力越強，責任越大」的「漫威」英雄道了。

　　女同學又帶來她的妹妹，是一位頭上綁著沖天炮小辮子的放大版「二齒」，在「史艷文」旁邊跟前跟後而且總是吃著

棒棒糖。姐妹倆從小跟著戲班子生活，在後台寫功課也玩著後台的遊戲，她們喜歡幫彼此畫臉，畫大白臉跟大花臉，偶爾也畫小甜甜跟諸葛四郎。而我總是在旁邊幫著編故事，張飛岳飛長了翅膀滿天飛，我說了一口好戲，她們也演得開心。那一年的暑假，我們就在戲班後台跟舞台下方度過了好多個奇幻版的戰國春秋跟三國演義。

一年後那位「史艷文」轉學了，因為她的神仙大家族要移往另一個城鎮的廟埕，開展更大的文武場面。原本孔子廟旁那個戲台來了新的班子，台上的打鬥仍然精彩，而台下已是另外一段人生了。

四十幾個寒暑過去，至今我仍記得藏在粉白嫩妝後面那雙慧黠的眼神，還有一旁閃閃發光的兩顆大牙齒。

最迷人的風景有時候不一定在前台，浪漫的是當我們參與後台的人生，我們也成了戲裡的主角了。

2016.3.25

哭點很低的戲院與笑點很低的冰果室

——

　　大約是民國六十幾年吧，那時候我剛上小學，九九乘法表在幼稚園時就提前背好了。主要因為我是大家庭裡第一個男孫，每逢大小節日我這樣的寶貝蛋得出場跟親戚老小們秀點小節目，所以哥兒們我就很認命地每天坐在在幼稚園的翹翹板旁邊的輪胎上，把這些印在墊板背面的生張熟魏給背了起來。管他三七為何非得要二十一，這是那個發條年代裡的小鎮風光啊！

　　當年小鎮上的年輕人最常約會的地方，一個是戲院、另一個是看完電影去聊天的冰果室。我有一位美麗的姑姑，男生要約她時總要帶著我，一方面有個伴，再者我拿手的九九乘法也可以化解偶爾的尷尬與無聊。真的不行的話，我還會模

251

仿高凌風與劉文正，當時我們家還沒有電視，這些活兒是跟同學們學來的，後來看了電視也挺得意，覺得自己簡直萌得可以當國語課本的封面人物了。

戲院在當時被叫作「戲」院，而非電影院。其實一點也不奇怪，當年除了電影，還不時會有歌舞劇團綜藝秀、歌仔戲、動物雜耍戲、魔術表演……屁孩如我除了電影其他都看得懂，當然後來漸漸就有了鹹蛋超人、辛巴達冒險系列，那時候我已經準備要背二十六個英文字母了。一走進戲院我總會求著姑姑讓我去買零嘴，我記得每次都是買方塊薄片豆干、芒果乾還有彈珠汽水。賣零嘴的地方小小的，裡面那位阿姨卻好大好大，她的屁股總是擋著我想看的電影海報，這些海報上面的明星我一一記在腦子，回家就給畫下來，這也算是我記憶電影的一種形式了。

通常我會在零食部鬼混到唱完國歌才去找大人，記得每回電影演到了一半總會看見姑姑在擦眼淚，這時候銀幕上的女主角與女主角的母親通常也正在掉眼淚。我雖然不懂劇情裡的洶湧波濤愛恨情愁，但是這個在暗黑空間裡擦眼淚的動作一直存在我的記憶中，往後的人生裡我一直覺得戲院是一個感傷的空間，那裡的黑壓壓把人的領域感縮得小小的，可以

在這個小圈圈裡哭得很難看也不必難為情。自己長大之後，大約都把太陽底下扭到的情緒帶進戲院裡掬成爽快的淚水，我覺得男生看電影的時候把哭點降低，不僅是一件美德而且有益健康。

電影散場後我們一路散步到了冰果室，當年鎮上那間賣剉冰的店招牌，就是一塊快要比店面還大的白底紅字。它硬是要叫作「室」，而不是「店」。我也沒太大意見，因為這家店小如一方斗室，確實屋如其名。而且「室」有一種備受體貼的感覺，比如貴賓室或者招待室，當然這些「很大人」的道理是我長大後才慢慢體會到的。

冰果室裡除了白白的牆、天花板、日光燈，好像就全是不鏽鋼的印象了。有不鏽鋼的冰櫥、櫃檯、刨冰轉盤，我們坐的桌子跟椅子也全是不鏽鋼。這家我出生時就存在的店，似乎想讓大小傢俬再開三代都不會壞掉似的。如此酷派爵士的冷調子空間，戀人們可有得煲他們的熱情了。總之，來到這裡就代表著約會的美好，代表一種突破曖昧前的甜蜜時期。約會的人們只管在熱天笑著吃冰，冷天就吃甜湯圓。小鎮的四季都得有練習愛情的場所，純情的思慕永不熄燈。

後來我聽說年輕人早就不到冰果室約會了，只剩當年的男女戀人們偶爾帶著孫子去吃八寶冰，順便練習九九乘法表。

老戲院也改成了生鮮超市，年輕人似乎更在乎的是手機裡的戲，臉書上大夥兒在看戲、也在演戲，永不退流行的曖昧劇碼在通訊軟體裡天天二十四小時上映，人與人之間一邊親密一邊孤獨著。

　可能有那麼一天，「約會」這兩個字會變成一種老派的字眼吧！

2016.6

男人很需要哭點低的風景一二，大人很需要笑點低的風景三四。

2015.8

日日美好的校外福利社

———

　　小學時，側門外有一間很無敵的小店。我每天上學與放學都會經過，這家店跟當時的我一樣，長相乖乖土土的，但腦子裡的世界千奇百怪，永遠都有新鮮好玩的唐突情節，像一頁一頁的漫畫少年。

　　那是一棟一層樓的平房，大大的斜屋頂蓋著黑色屋瓦，其間還夾雜幾許用磚塊蓋著鐵皮或者半透明瓦楞板的補丁，毫無意外跟我當時仿披頭四（The Beatles）那片齊眉瀏海的模樣憨傻地相似，偶爾還會出現狗皮藥膏一二。屋頂正面拉出一片深深的屋簷，左右兩側的磚牆雖然斑駁，但其前方倚著牆的板凳上，奉茶的大水壺仍保留著小鎮濃濃的人情，再加上水壺後方褪色的春聯，剛好讓這個進門的排場有了那麼一

點登小堂入斗室的節奏了。

還記得我當時的登門習慣，必先在進屋後左邊最靠外側磚牆處，抽三張紙牌小試運氣。「抽牌ㄚ」這個說法得用台語來發音，再將最後那個「ㄚ」得意上揚會比較傳神。那種從百格陣列中撕下一張選定的機會，再細心撕去紙片的外衣來揭開命運，為的就是紙牌陣列上方的各種可愛小物，舉凡小玩具、小布偶、小包的芒果乾……小宇宙裡充滿那個年代裡的小小智慧。中獎機率其實不高，小屁孩們圖的大概就是那種望梅止渴的療癒感吧。

第二種我必然要玩的是戳方塊拿寶物的遊戲，就放在進屋右邊最外側，同樣是一個方型大矩陣，不過這回進化成了三度空間，每個方格裡面藏著一個神秘的禮物，有時候是糖果、有時候是玻璃珠子、有時候是一張白紙寫著「銘謝惠顧」，這四個字是我小時候最討厭的成語，不太明白其中文謅謅的含意何在？只知道又是一次被擊倒的感覺。還記得有次戳到一個大寶物，一部塑膠製的螢光綠小小推土機，我興奮地拿去學校操場挖螞蟻窩，雖然不久車子就解體了，但仍是一個無比快樂的下午。

店裡頭除了一個高高的木頭櫃台，舉目所見的牆上跟天花

板都掛滿了各種戲偶。從布袋戲裡的二齒仔與史豔文到各種恐龍的塑膠錢筒，從無敵鐵金剛與木蘭一號的充氣公仔，到雷鳥特攻隊的塑膠飛行艦艇，再到整個宇宙。每個主角比例不一，簡直像一個魔幻劇場。史豔文可以單手擋下木蘭飛彈，等無敵鐵金剛氣呼呼趕來時，只能見到二齒仔手裡抓著一隻翼手龍，嘴上還咬著一顆火星。五湖四海上天下地，此起彼落的吆喝與槍砲爆炸聲，伴隨著布袋戲的文武場，全在我腦子裡堆疊變奏著。

最過癮的是夏天放學時，來這家店享受一枝獨家的橘子冰棒，一手握著它就可以驅走整個酷暑盛夏，從牙齒涼到肚皮、從舌頭甜到心頭。一種比光劍還要實用的星際武器，除了拿它來對抗炎熱，還一邊對抗著不准我們吃太多零嘴、看太多卡通漫畫的大人世界。厲害的還有一種袋子冰，口味舉凡紅豆、綠豆、花生還有酸梅湯，小小長方型塑膠袋上面印著比例怪怪的卡通圖案，每次凝結成冰的形狀都不太一樣。握著滿手的冰凍，一路上喜孜孜地舔著吃著，回到家裡剛好溶化的塑膠袋，變成了軟軟扁扁的身體，好像天邊逐漸瞇成一條線的夕陽。

這間學校外的福利社，是我童年時偷偷藏著快樂的撲滿小

豬。隨著自己步入初老，也開始將小豬宰開來細細回甘，回甘的不只童年回憶，也有一路以來對於體制外世界的探險與發現。

2015.12.9

校園圍牆外面的冰棒永遠比圍牆內的甜蜜，泡麵也永遠比較香；謝謝有那道牆，一直提醒我莫忘記體制之外仍有新的思考維度，值得我們翻過去瞧瞧！

第一次住宿舍

———

　　第一次住宿舍是在上中學時，當時剛剛從國小畢業，嘴上才冒出嫩嫩的鬍子苗，那個小屁孩就離開家鄉小鎮進城裡讀私立中學。我們家並不有錢，父母把我送進城市裡的私校，無非是希望我日後能衣錦還鄉光耀門楣，結果我這一離家就一直都在他方生活，成了典型的遊子，駕著浮雲飄過中學、大學、當兵然後結婚成立另一個家，每次回望故鄉都隔著一個成長的歷程。很小就必須學習在距離之外觀看概念中的家，然而「宿舍」就順理成章成了我日日使用中的家了。

　　宿舍應該可以算是一種微型的集合住宅吧，這裡的居住規格是以「一個人」為最小單元，每個單元裡容納了食衣住樂等等生活機能，同時也是承載著一群思鄉愁緒的集合體。拿

我第一次住的宿舍來說吧，一個房間住八個人，八個剛進青春期的小男生第一次離家生活，猶如第一次進叢林學習捕獵的小獅子，過頭的新鮮感與興奮感，一時之間蓋過了離家百里應該要有的惆悵。八張床舖搭配八張書桌與八座儲物櫃，所有魔術一般的排列組合被有條不紊地錨固在八坪不到的空間裡。這裡除了睡覺與閱讀外，還可以練拳打架、彈吉他唱歌、煮泡麵以及偷看黃色小說。八個人帶著來自八個不同鄉鎮的文化與不同的居住習慣來此相遇，我們在那個空間裡學習獨立生活也學習敦親睦鄰。集合住宅裡會有的東家長西家短，或者我家缺糖不愁你家缺蒜等等生活瑣事，在我們那個常常擠滿汗臭味的男生宿舍同樣日日發生。宿舍走道是城市的街道，排排站的每個房間隔著街道倆倆對望，每個房間是一棟公寓，裡頭有八個小寓所，每個夜晚發出八種不同頻率的鼾聲、磨牙聲、說夢話與偶爾思鄉過了頭的啜泣聲。

當時宿舍裡規定每人書架上只能擺一本課外讀物，於是這些書架就成了另一種獨特風景。從書架上的書可以認識書桌主人，從而呼應了主人平時吃的零嘴與泡麵口味，乃至主人在給父母寫家書時用的信紙顏色都存在一些相互唱和的趣味。在戒嚴的年代裡，身處在那個凡事都得穿制服的集體空

間，一本課外讀物的自由簡直就是一扇靈魂的窗口，一個可以表達出有別他人的自我感，不管那個獨特標誌是否文藝？有沒有知識性？小男孩都可以從那個小窗口看見天空與白雲，也讓彼此看見不只是小平頭的自己。我們偶爾分享私藏的小美景，交換著彼此的天空與存在感，還記得十三、四歲的自己在那陣子初探了《老人與海》（*The Old Man and the Sea*）裡壯闊的生命景觀，明白了《簡愛》（*Jane Eyre*）不是一種愛，也比較了「張無忌」跟「楚留香」的武功與帥勁，余光中先生的〈鄉愁四韻〉也讓一群強說愁的小大人初體驗了慘綠與酸澀。

　　人們往往藉由一群他者來認識自己，「宿舍」這個微型集合住宅既群體又自我，我在裡頭學習尊重公共空間裡的私密性，也鍛鍊了個體單元在群居時該具備的社會性。我離開了家，也開始懂了什麼是「想家」。

2015.12.15

「第一次」往往是許多人生命裡很特別的某個刻度，而當一群人的「第一次」遇在一起時，在那個時空裡撞擊出來的生命微風景可就妙趣橫生了。

我的少女時代

———

　　猜想每個人的成長過程裡，多少都有過少女初春般的崇拜情結吧！

　　讀建築系似乎很難不崇拜的，崇拜文藝復興不世出的完人或者現代主義的先驅英雄。搞不好是柯比意在海灘遛著的大狗，乃至安藤忠雄養在事務所的小貓，都有可能在建築史這條大街的某的轉角處不小心成了一種被崇拜的圖騰。有時候甚至只是大師的某個動作或者一個凝視的眼神，都會被收進充滿英雄情調的黑白攝影裡。

　　讀大學時，先於書上的大師而成為學生心中偶像的莫過於系上的老師，還記得剛進系上那年的系主任，十足文藝學者的氣息配上頎而長兮的身材，白襯衫的胸前口袋經常隨興別

著一枝 LAMY 鋼筆，在當年那是種充滿不羈才華的代表性文具，我與身旁幾位同學就收了好幾枝擺在圖桌前，幻想著建築師這個迷人的行當。聽著那位系主任談論他曾經在柏克萊感染的自由學風時，彷彿會感受到一種微微濛濛的嬉皮悶騷，好像就坐在胡士托音樂節（The Woodstock Festival）外圍的草地上吹著歷史的微風一般。系主任沒有小孩，他與夫人把學生們當成自己的孩子，如同父親般地啟發了我對建築最初的想像與崇拜。

第二位偶像教我們中國建築史，也是一位身形高大的翩翩君子。全身充滿著檀香氣的東方儒者，那種木質氣息是從靈魂散發出來的，應該說這位老師的身體裡是一部藏書閣，裡頭安放的豈止四庫全書，其講學之氣度與風骨簡直可以把黃河之洶湧波濤笑納言談裡。老師說話的聲音並不大，但字字都刻進空氣裡，我在其話語裡學到的不僅知識，更多的是在心中建構起一種滿溢文化濃度的堅固柔情，自從懂事以後，第一次覺得談起「傳統」時原來也是可以帥到掉渣。

第三位要談的是劉其偉老師，人人口中的「劉佬」，一位不折不扣的大頑童。教導我們從美術與人類學裡認識建築，站在經典之外也遊戲其中。他像一位來自中世紀的騎士，縱

橫過文藝復興，穿梭原始部落，再跨越東西方的藩籬馳騁在藝術史的稜線上，一會兒畫畫、一會兒探險、一口菸斗、一口千秋。他給我最大的啟發，是終其一生不要讓自己凝固在一種角色裡，也不要被關在同一齣劇本裡。如果說到「做自己」的青年典範，非這位與中華民國同一年出生的不老騎士莫屬了。巨人如劉佬是一座大山矗立遠方，他是我心中的印第安納‧瓊斯（Indiana Jones），對他的崇拜完全毋須遮掩，老師骨子裡的浪漫與不羈，大抵堪稱天王級男神了。

這幾位老師在我初進建築系時，給了我許多彗星般的火光撞擊，在那個充滿夢幻想像的第一年裡，讓我度過了一個美好的少女時代。剛剛好的崇拜有益身心健康，在我日後的建築旅途上受用無窮，隨時提醒自己可以回到最柔軟的初心，用仰望的角度持續前行。

如果可以的話，一直保留一個少女在心中，讓她始終待在十八歲生日的前一天，仰望著城市天空時永遠會期待見到一顆緩緩飄過的紅色氣球，永遠對下一筆天際線懷著美好期待，如同不談賞味期限的初萌愛情。

旅社初體驗

———

　　「旅社」二字我從小就識得，在四十幾年前我住的那個小鎮上，這兩個字在記憶裡總覺得帶了點兒酒味、菸味、明星花露水味跟日本味。當時鎮上只有一間旅社，名字我忘了，倒是還記得旅社隔壁有間粉紅色的小店，叫做「黑美人酒家」，猜想當時印象裡的那四種味道應該是這麼來的吧！

　　不過如果要說到真正的旅社初體驗，那得提及我高一寒假那一次的島內壯遊。當年好像尚未流行「壯遊」二字，那個不壯之舉也只是到南台灣的三天兩夜小旅行。但是對於兩個剛剛把鬍子留到可以被辨識出形狀的十五歲男生，面對首次獨自規劃的他方遠遊而言，那個旅程確實帶了點「轉大人」的壯碩感。

與我同行者是一位從小學到高中的死黨哥兒們，高中畢業後各奔前程的我們，從不同方向繞了一圈之後，很巧的都做了建築師這個行當。老天爺可能早就預知此事，所以幫兩個小傢伙安排了一次南方行腳，也勉強算是老建築的體驗之旅。我們事先將旅程做足功課，那個尚無網路可以覓得谷歌（Google）大神的年代裡，書店的旅遊指南就算是最潮的導遊工具了。從火車班次到鄉下公車，以至於公車與公車之間的銜接與等候時間，一直到落腳處的住宿資訊我們都盡可能兜到最妥當飽滿，然後背上大背包跟相機就出發了。

　　第一個晚上落腳左營，當時的「左營」二字連結的概念，不是高鐵車站那種時髦的款式，記得當時旅遊指南上最推的應該就是「春秋閣」了，這個聽起來像是好幾個朝代以前的風景名勝，我們當晚就在那附近的一間老舊程度也很「名勝」的小旅社暫宿。旅社附近除了可以解決我們的晚餐，還可以邊吃飯邊欣賞有名的「龍虎塔」，另一個古聖先賢等級的地標。除了兩座造型傳統的歌仔戲塔樓，塔的入口還連接兩隻「很迪士尼」的巨獸，張大了嘴巴的黃色老虎跟綠色的龍，旁邊有個告示牌清楚標示著遊塔規則，簡單明白的六個大字：「入龍喉出虎口」，讓人進出之間倍感神威，那個年

代有許多名勝風光都是這樣神通並可愛著。

　仍未成年的我們帶著幾許忐忑與更多的興奮感走進那間巨塔邊的小旅社，很小很蒼白的門廳裡，只有一個綠色大理石做成的櫃台，靠近一摸才發現原來是大理石紋樣的美耐板，邊緣還微微脫皮起翹。櫃台後面坐著一位像是從唐山過來台灣後，便沒離開過座位般的中年女將，胖胖軟軟的臉上沒有表情，讓我一度懷疑是隔壁高塔裡的泥漿人偶下班後來此幫忙照料旅人。我們用「很大人」的沉穩語氣跟她要一間客房，她很貼心為我們安排了沒有衛浴的經濟型房間，正當我們愉快付了房錢要上樓時，露出笑容的泥偶女將卻問我們：「兩位先生小費要付多少？」這時我與哥兒們面面相覷不知怎辦，給太少怕被笑，給太多更怕被笑，這就是某種典型的男生轉大人情結，臉皮薄到風一吹就皺了。我忘記後來為了這個此生初體驗的小費付了多少錢，反正就是讓我們後面幾天的吃飯預算大砍一刀就是了。

　心想付了小費的房間應該會很高級厲害，我們踏著很夢幻的步伐來到走道盡頭的經濟房。結果呢……進了房裡聞到的那一股悠遠的消毒水味道，讓我們一秒回神，我深深感覺這應該是一間儲藏室改成的睡房，唯一開窗處是靠走道牆壁上

277

方的氣窗，室內貼滿有蘭花浮水印的壁紙，每張的邊緣都已脫皮並微微起翹，再加上天花板那盞大白色八角形吸頂日光燈跟腳下的榻榻米，整個空間疏離出一種很末日的文學性，彷彿可以聽見川端康成在旁邊低聲咳嗽似的，我不禁把這個空間跟隔壁巨塔裡壁畫上的地獄受難勸世圖聯想在一塊。

　　小心翼翼安置好行李，準備寬衣沐浴時發現另一件驚奇，我們必須到走廊的另一個盡頭那間公共浴室完成洗澡如廁等人間瑣事。接下來那兩位木然的小男人，抱著衣物羞怯低頭並穿著猥瑣的木屐快步穿過走廊兩次的黑白畫面，就有那麼點志村健跑進昭和時代劇裡的唐突幽默了。正當一切身心就緒，我們拉開一條花布小棉被準備就寢時，門外傳來一陣欲言又止的敲門聲，哥兒們倆頓時不知如何是好。之前曾耳聞寂寞男人在旅社過夜時，多半會遇到風月女子銷魂的問門聲，那些繪聲繪影的粉紅色流言都告誡我們不可以應門，否則會一不小心提早跨出青春期的苦悶而不堪設想。敲門聲兩次後就沒再響起，於是我們就禁聲不語帶著尷尬、呆滯、緊張、羞澀卻隱隱有那麼一丁點期待的心情望著門扇直到睡著。

　　翌日清晨要退房時，櫃檯原本蒼白的女將出奇和善地對我們說，昨晚乍涼，她好意要多送一條花布小棉被到房間給

我們，怎奈兩位小男人入睡得早，為此感到十分抱歉。我與哥兒們再度面面相覷，原來乖巧的男孩與昨晚那一大筆小費唯一的意義擦身而過了。

　　這是我的旅社初體驗，一個從門縫裡窺探大人世界的小小冒險。

2015.12.16

初體驗並不保證美好，但肯定難忘。而經過時間年歲的純釀後精粹出來的種種魔幻般的少年城市記憶，最終又將彼時那些似懂非懂的青春包裹成為一種特別的美好。

光華商場

——

　　我想說的是，昔日光華橋下有著末日城市色調，那個沉了一半在地表下的商場。

　　一直都覺得這裡的空氣是帶點兒酸味的，貌似整個城市的酸雨都被匯流到了這裡。商場一樓沿著建築物外牆的人行道，很難有一天是乾的，你會感覺那些地上的積水是從地面下冒出來的，彷彿商場的正下方是某個潮濕的基地，一個秘密的地下組織坐擁毀滅地球的高科技武器躲藏此處，每天藉由汩汩流出地表的液體，釋放出難以破解的生態訊號。除了味道，必定還有更深層的電子符碼，一種會讓宅男們當成信仰般的催眠訊號，將彼時的光華商場祭成一座聖殿，而當時宅男如我也是朝拜者之一。

走進這個半地下商場是需要點勇氣的，主要是那種由巨大明亮的高架橋轉換至低矮陰翳店家的尺度衝擊與空間的曖昧性，會讓第一次來的人感到某種一秒鐘跨越邊界的冒險氛圍。那種一不小心會讓自己的文化座標迷了路，從而引發身份認同的眩暈感，一群來自截然迥異社經領域的男人，會在此處因為一張盜版光碟而成為同一個族群。

　　商場裡除了舊書舖，還有賣著各種踩在感官邊境那條紅線上的影片光碟，裡頭有成人影片、奇風異俗的食人族紀錄片、已經絕版的與不加馬賽克的日本動畫片……說是人類學的田野蒐奇其實也不為過，我就是這麼催眠自己的。還有一些賣電子零件的小店，那種好像被地面層與二樓的其他店霸凌過，不得不委身於此的「小媳婦店面」。殊不知這裡才買得到不世出的奇幻好貨，這個世界就是這樣，越接近地底深處，越有讓人意想不到的活色生香。說也奇怪，舊書舖在此一點兒也沒有違和感，也不是說多麼理所當然的風景，就是會感覺這些店有一種共同的「地下感」，好像一群因為守著共同秘密而聚在一起的人們，即便身份牽強仍然顯得合群，就連來到此處的顧客們也都很有默契地成為同一國的人，大家在此享受城市核心裡的邊緣快感。

還有一個很核心的份子不能不說，那就是遊走在商場各處的個體戶，販賣著各種盜版光碟。滿足各行百工的重裝武器他們這裡都有，從文書、影像、繪圖軟體、音樂、百科全書與高考考古題一應俱全。他們的樣子多半與電腦產業無關，你在交易時不會感覺是在跟某個年輕賈伯斯討論某個程式優劣，比較像好萊塢電影裡頭會看到的毒品交易橋段，除了臉上的東方面孔，其他像是刺青刀疤、黑眼圈都跟電影裡的中南美洲毒販很像。與其說買一張光碟，不如說是參與了一場警匪片，緊張刺激到了連掏出鈔票時，都覺得自己跟無間道裡的梁朝偉一樣帥。

　　到底那裡的地底下有沒有秘密基地已經無從得知，因為商場早已改建。城市紋理一旦改變，很多故事也都從頭開始。高架橋不在，當然就不會再有鑽進橋下的機會，也找不到那種披著隱型斗篷走進暗黑裡跟魔鬼交易的浮士德了。我後來聽說，那些成人影片光碟專賣店早已變成電子魔咒，一則一則被上傳到每個羞澀宅男的電腦螢幕上，繼續擺動著動人的身軀。昔日的商場記憶，變成一個永遠青春的馬賽克神話，整個世界也被那個叫作「互聯網」的秘密組織給統治了。

涂鸦馆
2014.8.29

似乎每個城市裏裡都有一股潛藏在地表下方卻又蠢蠢欲動地從許多人孔蓋縫隙冒出不安的氣體，一股生猛的暗活力，讓人浮躁卻缺它不可，眾生喧嘩或許正是城市日日滾動不生銹的巧妙秘密。

餐桌的形狀

———

餐桌的形狀是一門愛的幾何學。

我記憶中第一張餐桌，是一塊上面畫著象棋格子的小夾板，好像是大人們平時下了工之後的娛樂桌板。大約六十公分見方的小方塊，上面除了楚河漢界跟縱橫的阡陌之外，就是一堆我的口水跟菜渣印子。我是家中第一個男孫，大人們一方面當我是寶，一方面又還來不及準備好如何款待這個寶，所以許多跟我有關的家當都充滿著庶民的創意。阿嬤跟母親每天就在這張桌子上餵我吃飯，順便教我數數字跟注音符號，於是這塊餐桌又多出了許多新的意義。

後來我開始可以跟大人們一塊吃飯，餐桌就從小宇宙變成大宇宙了。當時是四代同堂的大家庭，雖然屋子是租來的，

煮飯的灶跟吃飯的廳還是得有份量。考究當然談不上,可總能容納一桌子的溫飽。那是一張直徑約兩公尺的檜木圓桌,桌腳也是木頭,整張桌子厚實穩重,像是幾輩子以前就已經放置在那兒似的。安安靜靜待在廚房旁,聽盡了婆媳妯娌的是非長短,卻又冷眼世情如如不動。我記得她最美的時候,是黃昏時斜照的夕陽灑在桌面上,再慢慢爬上了鍋碗瓢盆,爬過些許層層疊疊的生活刮痕成了一幅畫。器物之大美來自其用的道理,我大概童年時候就得了點小小啟蒙吧!

　　國中開始離家住校,吃飯成了機械般的集體動作。在那純樸憨傻的戒嚴年代,我們的宿舍仍保留著軍隊一般的管理方式,每件生活大小事都被制約成了口令與動作,我們的青春期就這麼被馴服成一股一股的暗潮。那時的餐桌是一公尺半乘上三公尺的不鏽鋼長條桌,六個人一桌,每個人的小宇宙是一塊三十公分乘四十公分的不鏽鋼餐盤,吃飯時只有餐具碰撞的聲音,跟自己肚子裡的飢腸轆轆聲,在開動的口令之後開始進行自我餵食的動作。我在那幾年住校生活裡,把小時候不敢吃的苦瓜蘿蔔跟茄子都克服了,原因是當時吃飯比較是一件理性的功課,所以感官自主性就不太敢驕縱自慢,當然啥都得吃,這張餐桌投影了我的慘綠跟青澀。

上了大學也談了戀愛，我的餐桌變成可以容納一個小王子跟小公主的小星球。無論我在哪個位置，旁邊當然就是那位公主，這張餐桌其實不大，常常就是八十公分直徑的小圓桌，圓桌上會有一朵花，偶爾仙人掌、兩盤炒麵、一碗湯，跟一整個銀河系的戀人絮語。我們的餐桌沒有固定的位子，像雲朵般一會兒飄進自助餐廳，一會兒降落在昏暗的咖啡館，一會兒可能跟樹影一起黏在操場的草地上了。這張餐桌教我認識某種相互歸屬的愛情函數關係，我在上面看到另外一種大美。

成了家之後多了一個寶貝，我的小家庭的餐桌是一張一公尺乘一公尺半的櫸木桌子，大部分時間是三個人的小宇宙，偶爾家族聚會時桌板還可以拉長，延伸了房子的溫熱心頭。同樣也是飯菜魚肉一樣不缺的溫暖滿足，同樣飽飽的愛與關心。餐桌是房子裡真正的核心，這個核心寬大柔軟，我們在餐桌上談生活、聊學校、寫功課、玩拼圖，吃著每天的早餐與每年的生日蛋糕，我們分享著孩子成長的喜悅，也分擔他青春的苦澀。這張桌子聽到了最多的心事，也參與了我們的喜怒哀樂，雖然搬過幾次家，沙發櫃子跟床組都換過了，就這個安靜的老夥伴沒換過，我感覺它會陪著我們好幾輩子，

讓我與我的子孫在這張餐桌上學習當一個家人。

西方有一句話：「You are what you eat.」吃是如此至關重要的事，我們是不是也該好好關心那一張陪著我們吃，也陪著我們學習愛與被愛的餐桌呢……。

2019.9.28

有許多生活的物件到後來會以一種場所般的狀態存在著，甚而形成家屋的核心。餐桌是家人間親密關係的總和，在成長的過程裡，時而縮小時而延伸，時而離散時而凝聚，這些流動著的形狀連結人與人之間的生命與記憶，是一門愛的幾何學。

傘下的世界

———

　　下雨天，我們在傘下其實不只躲雨，傘下有個小小宇宙隨著我們的生命旅程更迭著她的邊際，我們在這裡學習「愛」。

　　學會走路前的我，母親的懷抱就是傘下的全世界。外頭風雨再大，傘下始終是有花香味道的晴天。年輕時的母親留著半捲的長髮，我的臉靠在母親胸前總能嗅得一園子的春天氣息。平常走路不算慢的她會在此時放緩節奏，除了懷裡一個我，一起躲雨的尚有大包小包的細軟，但母親似乎總還可以騰出一隻手心來摸我的頭，那份安全感伴隨著魔術般的神奇感，女人當媽之後不僅有了長出很多手臂的魔法，為了保護孩子時所使出的神力，就算獅子都可以被她打跑。這種美麗畫面我後來在妻子身上也看到了，一種媽媽們才有的魔法與

神力，我就算穿了鋼鐵人的無敵甲冑也望塵莫及。

上了小學之後，我就是傘下世界的國王。傘下的我有時飛翔如鳥、有時悠游似魚，雨下得越大我感覺自己國力越強。我喜歡跳進積水的路面，總覺得那些水面下方藏著另一個雨打不到的世界，想用我的雨靴一個一個去征服那些神秘世界的入口。水花濺上來時，也把倒影裡被撕成一小片一小片的天空灑到我身上，等衣服上的天空們乾了以後就變成泥土色了。當時最快樂的事，就是當我帶著一身髒兮兮的滿足感回家後，總能馬上被媽媽抓進浴室裡沖個熱水澡，再為我套上一件有陽光味道的白汗衫。

成年以後，傘下的世界是愛情。剛剛在摸索著如何當一個像樣的大人，我從傘下學習當一隻保護伴侶的獅子。下雨時將傘柄撐在手上，傘面永遠大半擋在伴侶的頭上，即使傘下一半晴天一半雨天，淋了半濕的我仍是甘之如飴。雨下得越大，另一隻牽著她的手握得越緊；雨下得越大，越能聽得懂洪榮宏那首《一枝小雨傘》歌裡的美妙幸福。在兩人的世界裡，雨天下雨、晴天也下雨，下雨時我們有著最靠近的肢體和最親密的關係，學習保護與被保護，大約是愛情裡最初的課程吧！

當了爸爸之後的我，開始有了微凸的小腹跟刮不乾淨的鬍渣，我開始在乎雨傘的結構與安全，因為此時我的傘下世界是一個家。我開始在這個必須如碉堡般堅固的建築裡學習當一個父親，也學習撐起全世界的屋頂。傘下的我抱著孩子時會讓自己變成一個大氣泡，讓孩子永遠可以安靜在氣泡裡的晴天，我在這個晴天裡似乎看見小時候被抱在懷裡的自己，也看到抱著我的父親，那幾個大雨裡的片刻我似乎有點懂了「成長」這件事。傘外雨下得越大，我的身軀也會變得越巨大，大到變成一座移動城堡。我喜歡這麼說：「大頭大頭下雨不愁，人家有傘，我孩子有我這個大頭。」

　　這幾年父親年紀大了，陪著他去醫院看病時我攙扶著他，這時候我也撐著一把無形的傘。這把傘很重，但握起來很穩，我將傘面開展到最大，傘下的我保護牽著手的父親與母親，這裡安全無比而且風和日麗，因為此時傘下的世界仍然是父親的手臂與母親的懷抱，而我仍然享受著學會走路前那份膩在雨中仍然乾爽的幸福感。風雨再大，傘下永遠都有母親的善良與父親的堅強。

　　我愛下雨天。

2014.10.5

傘下是一間無牆的斗室，雨越大，斗室裡的關係越親密，發生在愛人之間，親子之間，也及獨自撐傘時自我的對話之間。

填字遊戲

——

　　看了艾倫・圖靈（Alan Turing）的解碼故事後，M 男就掉進填字遊戲裡頭了。我是說，身體瞬間縮小成百分之一的他，真的掉進了遊戲裡那個或實或虛的方塊房間裡頭了。

　　這一天特別漫長，M 男陪著父母到醫院回診，預期中這天會有塵埃落定的答案，讓父親的癌後轉移有個明確方向，讓這場戰鬥的開場序曲可以如願轉進到第二幕的治療主戲。有點像是填字遊戲裡解決了左右跟上邊的謎，最後這個即將從字串下方趕上來相逢的最後一字，準備要擊掌前的一刻。

　　然後，醫生告訴他們，除了原本檢查出的下半身移轉外，又發現上半身的不明軌跡，我們必須回到原點重啟檢查。

　　於是填字遊戲的最後那字，又瞬間被拋得好遠好遠⋯⋯。

那場陪著父親的抗癌戰鬥，就像在解著一層又一層的多維度填字遊戲，疲累的 M 男在當晚如此想著。這個發現說起來有點超現實，從 M 男在醫院裡聽了醫師的檢查報告後，他感到身體微微不適；起初以為只是過度疲勞引起的，那份不適自然也不能讓年邁而且正陷入沮喪的雙親察覺。但是在載著父母開車回家的路上，不舒服的感覺越發強烈，他發現雙手與雙腳似乎與方向盤跟油門正在遠離中，並且必須奮力拉長脖子才能看到擋風玻璃外的前方。他的身體正在縮小中……。

　　回到家中勉強把車子停好，並且安頓了兩位身型突然比他巨大但衰老的父母後，M 男累癱在沙發裡，這時候他的身體已經縮小成原來的十分之一了。他使盡力氣按了跟他身高差不多的電視遙控器，HBO 正在播放那部描述二戰時英國數學家艾倫‧圖靈的解碼故事，電影裡的填字遊戲忽然讓 M 男很有感觸，於是翻了個身抓到沙發旁的雜誌一角，使盡力氣翻到填字遊戲那一頁時，M 男的身體已經縮成原來的百分之一，約莫是一個鉛筆屁股的橡皮擦就可以輕易消滅的存在狀態。正要開始找尋第一個字的線索時，他就掉進遊戲裡那些方格建築裡了。

你要說這是個迷宮也行，是童年玩的跳格子也是，誰也沒想到掉進來之後竟是一道又一道的高牆，那些你以為單純無害的線條，竟然都比監獄的邊界還難以跨越。掉進比常人低一個維度裡的 M 男，此刻看到的是一間又一間比鄰排列著的病房，從斷層掃描室沿著牆角的引導箭頭快步走著，一路經過超音波室、心電圖室、驗血室……，每一間方格裡都有一位穿著白袍的解謎者給他一個指引，隨著解開的字謎越來越完整，卻越撲朔迷離，他的腳步越來越急了。

然而，隨著更加急促的腳步與呼吸，M 男的身體也繼續縮小中。於是眼前的方格從剛剛的房間變成了一幢幢的樓房，填字遊戲的方陣已經是一座城市，是座長得神似本城的他方，既熟悉又陌生。他經過小時候住過的那棟有天井的平房，但是透過天井看不到散步的白雲跟打盹的藍天了；他經過讀私立中學時那棟苦澀的男生宿舍，但是宿舍後頭的無邊稻田已經被另一格大房子擋住了；他又經過了大學時第一次享受租屋獨居的男子部屋，但是部屋已經被加蓋成快要認不得的水泥部落了。

M 男越跑越快，前面的方格也越來越高，他知道其實是自己的身體不停在縮小中。如果再不找到答案解開字謎，他

恐怕就要永遠消失在空格裡，消失在文字與尚未發生的文字裡了！

你或許以為這是疲憊至極的他做的一個類似卡夫卡的夢，但如果這個夢後來沒有結束，男人終究沒有醒來，那麼另外那個維度裡搞不好也存在著另一個待完成的人生。

究竟哪一個人生比較接近真實呢？是正坐在沙發玩著填字遊戲的那個你，或是奔跑在空格與空格之間找尋下一個相逢的文字的那個你呢？建議你先玩遊戲再說，因為卡夫卡告訴我，玩的過程才是重點吧！

有許多沉默的空間，看似虛無的空氣裡其實藏著一個又一個問號，當我們深陷其中時會感到這些牆的阻隔遠比心裏的預期更孤絕更蠻橫，從而在追問與解謎的過程裡產生焦慮與恐懼，總得經過不停衝撞與迷路之後才能找到生命的出口。或者，當我們從更高的維度看向原本的迷宮時，才發現尋找出口的過程本身或許便是出口，只看你玩不玩這個遊戲了。

來去永康街開一間店

————

　　小玩子，跟我一樣也是從外星球來的朋友。幾年前她很帶種地，跑去永康街開了一間很帶感的雜貨店。鄰居與路過的人都看不懂這個飄著茶韻的葫蘆裡賣著什麼藥，找不到招牌的這間店日日開門營業，店主人在做的「生意」，應該就是讓這間店每天產「生」不同的「意」義吧！

　　我是在店裡初識這位彷彿久識的店主人，去年初訪這間店，在店口找了良久才得其門而入。此地分明是個秘境，不似街上一間又一間對著遊客路人搔首弄姿的送往迎來，比較像小時候在老家附近街上開了百年般的老店，沒有人會問你進不進來，倒是會體貼為你奉茶。有緣是客，無緣也是客，因為主人其實也不怎麼主人，就那樣自在地讓店頭空間當自

307

己主人，也隨時歡迎客人來做主人。說它是街上的房子，不如說是路口的一棵大樹，那種自然形成的集體記憶就像枝葉長在空間裡，也像樹蔭存在陽光裡。

那天傍晚我走進店裡時，就見到約莫六七位客人圍坐一張老木頭長桌飲茶，一時之間我也分辨不出哪位是店主人，只見一桌快樂似仙的茶客同時微笑回頭看著我，一眾看似幾輩子前早已熟識的眼神在空氣裡同聲問著：「你來啦！」

這個突然出現的既視感實在妙不可言，我就那樣無縫接軌在一團熟悉的笑談裡，身體很順暢地滑進一張板凳上，那位子好像本來就坐著一個長得與我一模一樣的空氣人形，早在世界有我之前就存在那兒。甫一坐下，身旁一位白髮如古冊的老哥即拿起手邊吉他彈唱起來，在場的其他人很自然唱和著，還沒管認不認識生張或熟魏的我，竟也自然而然跟著哼唱起來。接下來白髮歌者開始用一種歌韻談起了台灣史，那是我聽過最美麗的歷史，如同樂音一般的說書。然後有位舞者談起了山上部落的回憶，有位醫生說起他在科學裡領略的生命輪迴，我彷彿聽見一朵又一朵蓮花在空氣裡盛開的聲音。默默猜想著身旁圍坐著的應該是仙人，我肯定是一個不小心走進了斜角巷的哈利波特。

終於店主人小玩子跟我打了招呼，她說來這裡開店是意料之外，順隨緣分想讓這間店一開始就老起感情來等。於是放進了老家具跟老吊燈，用老朋友送的老木頭釘上天花跟地板。一屋子老情緒煲出空間的老表情，不帶勉強與矯飾的裝修，全是因為主人身體裡的老靈魂。聊了許久，我慢慢才懂了，這間看起來不知道是賣什麼的店，其實什麼都可以發生。此處最寶貴的就是「故事」，一群有緣的人、有緣的樂音、有緣的對話每天交織出不同的故事，每一則驚喜都是作品，這裡是一個最生猛的創作子宮，也是一個最日常的生活劇場。樂聲與人聲、老家具與老靈魂們會在這裡找到它們的位置，這間雜貨店裡的「貨」，原來就是各種達人的技藝創作與一顆一顆愛玩的心。很奇特的是，這家店仍然有個名字，就叫做「問什麼」，原來問題本身便是答案。小玩子的店教我重新認識城市與街道，也讓我見識了在彩虹般的市街開一間素顏的店，做著沒有框架的生意是一件簡單的事，簡單到忘了有沒有賺到錢，簡單裡有不簡單的快樂。

　　老起來等的這間店已經熄燈，裡頭的仙人故事都將成為明日的記憶，我會永遠懷念這個空間，如同懷念父親未曾老朽時的身體。

2019.10.18

街道是城市聚散離合的舞台，而街道上的店則是舞台兩旁的觀眾席。有機會在眾席裡找到一個位置的話，你會靜靜地看著人間的戲，或者也入戲成為一起笑一起哭的主角之一呢？

2015.9

六個屬於自己的房間

———

　　最後一個房間的門即將被關上時，他開始回想起第一個自己的房間。

　　那裡充滿了海的聲音與浪的推擠，因為眼睛始終閉著，可供描述的也只能是耳邊的聲響與軀體的漂浮感。人們說的五感在這裡是不完整的，或者該說是一種完整中的狀態。在這裡，空間那份絕對權力同時也提供他一份絕對的安全感，因為在房間居住的十個月裡，作為一個準人類的生命體，正是這個空間的創造物，而這個最初的空間不僅是活的，其生命之外仍有更巨大的生命。此處的空間倫理如同俄羅斯娃娃，孕育著太初與混沌。這裡是他母親的子宮，禮讚前的陰翳裡，有最甜蜜的孤寂。

第二個房間，是屬於童年自己的第一個房間，也從而開始認識著物理世界裡的尺度。記憶中，這裡的天花板像天空一樣高，最期待一雙大手凌空而降，一把將他變成飛翔的鳥。在這個房間裡，他經歷了四足爬行到直立的過程，用身體認識著空間，也藉由空間理解著身體。有一種叫做「我執」的東西也在這裡悄悄地萌了芽，然後漸漸開出一種叫作「領域感」的花。有幾年的時間裡，這個小小「Mr. 楚門」真的以為這裡就是全世界了，一直到他知道了邊界之外的真相，生命就開始不斷的移動，也不斷尋找著錨固之點。

　　成長總帶著些許苦澀，因為冒險一啟動，身體就展開孤獨之旅，因此第三個房間是個不斷變樣的「場」。

　　有一個「場」是國中離家住校時，每個周末陪著他一起思鄉的電話亭，那十分鐘的空間裡除了容納自己一人，剩下的就是話筒裡母親的聲音，與手跟話筒緊緊握著的占有感，占有著父親大手臂的那份安全感。

　　下一個「場」是在入伍那一天，從家鄉啟程的火車裡，車廂雖被魚貫的年輕身體們排排坐滿，但是卻有一種永遠填不滿的虛空。房間裡只有他一個人，一個被稱作長大了的男人。除了摸得到的鬍渣與嗅得到的汗臭，唯一的空間記憶就

只剩窗外不斷移動的風景了。

這個「場」在他開始成為世故的上班族後又有了一次變樣，那是旅館的房間。這個房間永遠只能節錄身體某一部分的記憶，那些記憶也只能停留在似曾相似的大腦門口。比如關燈上床、開燈起床、刷牙沐浴、凝視鏡子裡的身體。一種期約限定的歸屬感，是自己的房間也是別人的房間，與空間經歷再多次的親密關係仍然陌生，仍是孤獨。

該談談第四個房間了，這裡是供他躲藏用的，聽說城市裡每個人都有一間。

這個房間很隱密，可是前後左右的牆體卻是透明的，而且每個人的房間都緊挨著別人的房間。因為每個房間都是櫥窗，房間裡的人都像櫥窗裡的芭比娃娃，渴望被讀卻不願被懂。每個娃娃都有一張開口說話的美麗臉龐，卻永遠聽不到彼此真實的聲音；都舞動著肢體的各種可能性，卻理解不了三度空間裡身體與身體之間那層親密的意義，這是一個平的房間，叫作「臉書」。

第五個房間是他在一個月前才住進來的，因為身體開始故障，他成為一個壞掉的人，這個房間是他專屬的「單人病房」。一個純粹到連空氣都是白色的房間，像極了村上春樹

315

的文字裡慣有的白色氣味，會讓人耽溺在絕望裡的消毒水氣味，與其說是住在房裡，不如說是浸在福馬林裡。上一次被浸泡的記憶是陪伴著病床上的父親，幾十年過去了仍然清晰無比。這個白色房間除了收容壞掉的人，也收容人們的回憶。每個進來的房間主人似乎都會產生一種書寫的慾望，把過往人生傾倒出來，再如同集郵冊裡的寶貝細細排列，藉著有形與無形的書寫把時光的水倒回杯裡，重新青春、再次苦澀，用這些書寫將白色如紙的空氣寫滿顏色，即便只剩下沉在壺裡的黑，都有回甘的普洱老味道。

回到即將關上門的第六個房間，門很重，很重很重，生命未曾有過的重。那扇緩慢移動的門是塊比城門還厚的檜木，隨著開口越來越小，木頭香味也越發濃郁。房間雖小，但其量身訂製一如手工西服的概念卻誠意十足，橫豎今後在這房裡也只有睡覺了，一種毋須翻身側睡的天下太平。他忽然領悟，原來最終屬於自己的房間，也就只需六塊板子而已。

這個時候的他，多麼希望關上房門後再次潛入海裡，多麼希望回到第一個房間裡啊！

從小至今住過了好多房間，你記得了幾間？用了哪些感官去記憶？記憶裡擷取了空間的哪些部分？也許其幽暗或明亮，也許溫暖或冰冷，也許淡雅的花香也許刺鼻的消毒水。也許我們對生命過往房間的記憶，便是我們認識自己身體的總和。

房子在想什麼？

作　　者　林淵源
封面設計　Jupee
內頁構成　詹淑娟
校　　對　邱怡慈
執行編輯　葛雅茜
行銷企劃　郭其彬、王綬晨、邱紹溢、陳雅雯、余一霞、張瓊瑜、汪佳穎、王琦
總編輯　　葛雅茜
發行人　　蘇拾平

出版　　　原點出版 Uni-Books
　　　　　Facebook: Uni-Books 原點出版
　　　　　Email:uni-books@andbooks.com.tw
　　　　　台北市 105 松山區復興北路 333 號 11 樓之 4
　　　　　電話：02-2718-2001 傳真：02-2718-1258

發行　　　大雁文化事業股份有限公司
　　　　　台北市 105 松山區復興北路 333 號 11 樓之 4
　　　　　24 小時傳真服務 （02）2718-1258
　　　　　讀者服務信箱 Email: andbooks@andbooks.com.tw
　　　　　劃撥帳號：19983379
　　　　　戶名：大雁文化事業股份有限公司

初版一刷　2016 年 11 月
初版三刷　2018 年 8 月

定價　　　370 元
ISBN　　　978-986-5657-88-8
大雁出版基地官網：www.andbooks.com.tw
（歡迎訂閱電子報並填寫回函卡）

國家圖書館出版品預行編目（CIP）資料
房子在想什麼？ / 林淵源著 .-- 初版 .
-- 臺北市：原點出版：大雁文化發行，
2016.11
320 面 ;15*21 公分
ISBN 978-986-5657-88-8(平裝)
855　　　　　　　　　105020016

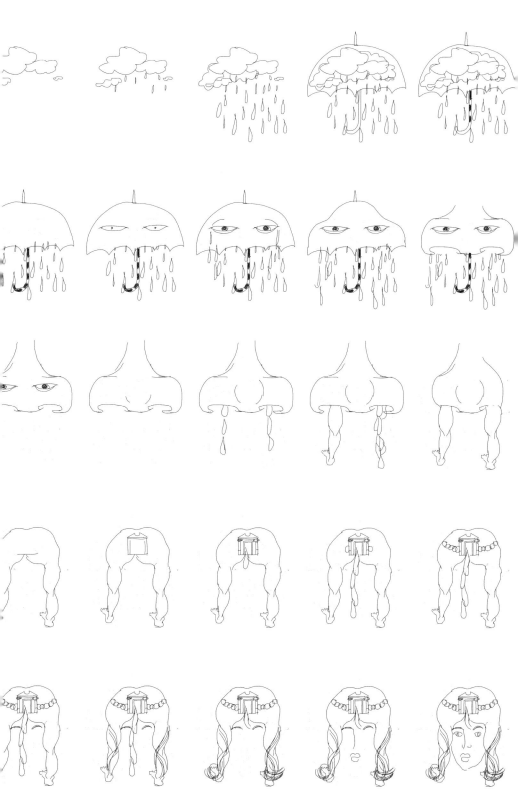

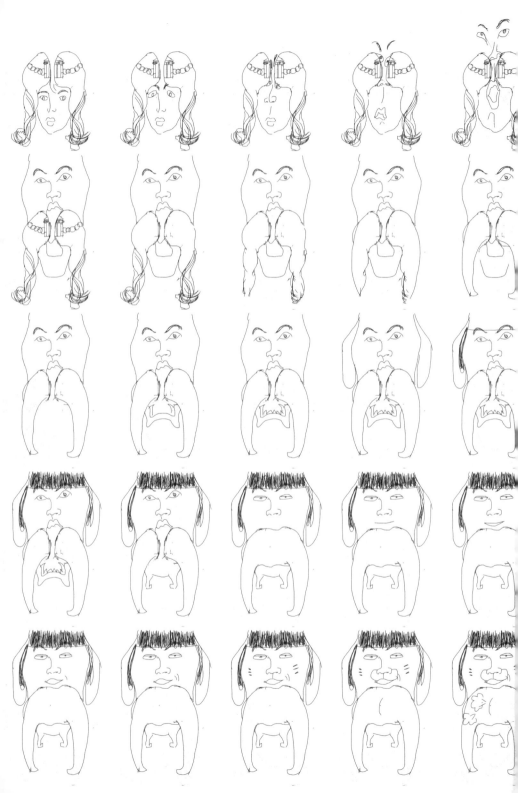